JN110901

いつかみんなGを殺す

Someday
we'll all kill G.
Narita Narico

成田名璃子

角川春樹事務所

外資系ホテルの新規参入ラッシュに湧く東京において、伝統と格式を纏い、国内外の富裕層から不動の支持を得つづけている五つ星ホテルがある。

その名も、『グランド・シーズンズ』。

1915年、千代田区紀尾井町に最初の棟が建設されて以来、戦火を免れ、バブル崩壊を生き抜き、常にセレブリティ達の憩いの場、あるいは絶対的な隠れ家として、時代の転換点を少なからず目撃してきた、いわば歴史の裏舞台そのものとも呼ぶべき存在である。

そのホテルが今、創業以来の危機に瀕している。

〝G〟。人類がDNAレベルで嫌悪する忌まわしい生物が、敷地内に大量発生したのだ。

人生がGと交差する瞬間、人の本性は、否が応でも剝き出しになる。普段は理性というヴェールに包まれている己の核と向き合った瞬間、人々は一体、そこに何を見るのか。

最後に笑うのは、己かGか。残されるのは、希望か絶望か。

Gを巡る一夜のドラマが、今、幕を開ける。

いつかみんなGを殺す

目次

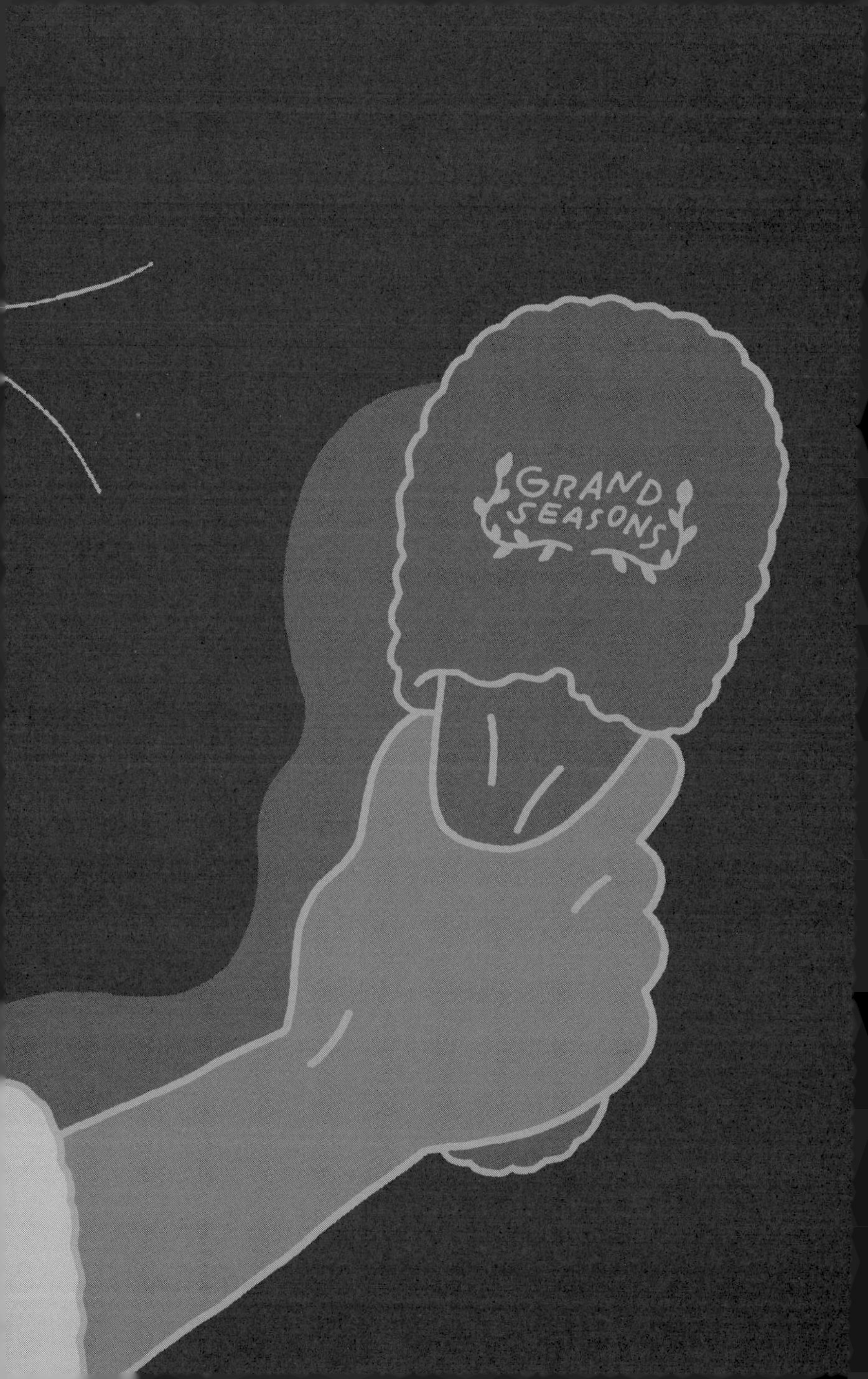
GRAND
SEASONS

登場人物紹介

鹿野森（かのもり） 優花（ゆか）（28）……老舗ホテル「グランド・シーズンズ」の若き総支配人。

穀句（こっく） ローチ（52）……「グランド・シーズンズ」副支配人。アンチ優香派筆頭。イギリス人の父と日本人の母を持つ。

姫黒（ひめぐろ） マリ（58）……「グランド・シーズンズ」清掃員。何やら過去に曰くが……？

市川（いちかわ） 硼酸次（ほうさんじ）（62）……大物歌舞伎役者。

蜚蠊（ひれん） 郁人（いくと）（26）……硼酸次の付き人。ある密命を負っている。

木村（きむら） 菊子（きくこ）（28）……郁人の恋人。老舗殺虫剤メーカー研究員。

霧吹（きりふき） 太治（たいじ）（19）……グランド・シーズンズ新人秘書、兼姫黒のアシスタント。田舎育ち。

泡村（あわむら） 友梨香（ゆりか）（19）……大学生。下町で育ったが故に、コンプレックスを持つ。

冷膳（れいぜん） 亘（わたる）（40）……ホテルの看板フレンチレストラン『オ・ミリウ』のグランシェフ。

手押（ておし） 奏（かなで）（20）……夢破れたピアニスト。

クリスタル・ブラウン（30）……若手男性ヴォーカリスト。

艶漆（つやうるし） 彰（あきら）（33）……元グランド・シーズンズコンプレイン（苦情対応）係。

第一章　グレイトのG、あるいは。

1
鹿野森(かのもり)　優花(ゆか)

先ほどから、扉の向こうで澄(す)んだピアノの音色が響いている。

調律が済んだばかりのバーンスタインだ。ただ若干(じゃっかん)、神経質な演奏に感じるのは、聴く人間の心が波打っているせいだろうか。

「これが改善策ですか？　私には現状維持に見えますが」

オフィスチェアに背中を預け、鹿野森優花は冷たく言い放った。

デスクの向こうに対峙(たいじ)するのは、イギリス人を父に持つハーフの長身瘦軀(そうく)に、波打つロマンスグレーの頭髪をたくわえた老人――穀句(こっく)ローチ副支配人である。

「しかし、先代の頃(ころ)からこのようにさせていただいておりましたので。お嬢様――っと失礼、支配人こそ、このホテルの伝統を覆(くつがえ)さんとする理由をご教示いただけますでしょうか」

「その伝統とやらに問題があったから、改善策の提示をお願いしたんです。それがなぜ、現状維持が最善などという結論になるんですか。本当に皆さんで話し合っていただけたんでしょうね。新人の意見も取り入れてほしいとお願いしたのですが」

グランド・シーズンズの若き総支配人にして、このホテルの次期後継者候補である鹿野森優花が、頬を紅潮させ、怒りをあらわにしているのには理由がある。

この穀句を筆頭に、アンチ優花を掲げる一派が、彼女の改革案を阻止しようと老獪な手練手管を駆使して邪魔立てするのである。いつも取り澄ましているこの古狸の上品な鷲鼻を、比喩ではなくへし折ってやりたい衝動に駆られる。

「私のことが気にくわないのはわかっています。こんな小娘が、創業者一族という理由だけで支配人に就任して、さぞかしご不満でしょう。しかし、あなたの悪感情とこのホテルの運営は別問題です。常に変革していかなければ、グランド・シーズンズもいつかは過去の遺物に成り果てます。今年だけでも東京にいくつ外資が参入してきたか、ご存知ですよね」

穀句は慇懃な態度をくずさずにデスクの前に立っていたが、優花の言葉などひとつも耳に留まらずに流れていったことは明白だった。礼節をつくして失礼を働く。その熟練の技に優花がうっかり感心しそうになった時、デスク上でスマートフォンの着信音が響いた。

「お出になったほうがよろしいのでは？」

頭髪を軽くなでつける穀句をひと睨みしたあと、画面を確認する。相手は、レストランの看板であるフレンチ『オ・ミリウ』の厨房(ちゅうぼう)を束ねるグランシェフの冷膳(れいぜん)だった。

「はい、鹿野森です」

『はぁ、はぁ』

「もしもし、冷膳さん」

耳を澄ましたが、過呼吸のような不穏(ふおん)な息づかいが響くばかりで、しばらく応答が途絶(とだ)えた。

「大丈夫ですか」

『そんなわけないじゃないですか。あれが、あれが出たんだ！　うわあああ』

「もしもし、もしもし？　落ち着いてください」

ただならぬ様子に、スマートフォンをいったん耳から離して穀句に向き直った。

「話のつづきはまた後で」

「それでは」

穀句がもったいぶった頷(うなず)きのあと、去っていく。ドアが確実に閉まったのを確認してから、念のため穀句の手の届く範囲にあったデスクの天板の裏を確認した。盗聴器らしきものは発見されず、ふうと息を吐き出してから再び通話へと戻る。

『支配人、聞いてるんですか？　あれですよ、あれが出たんですっ。しかも見たこともないくらい特大のやつが。ぼ、ぼぼぼぼ僕の手の平くらいあるやつですよっ』

「冷膳シェフ、興奮すると料理の質に障(さわ)ります」

『しかしですね、よりによって今日、この日に出るなんて。今日だけは、今日だけは何事もないようにって、あれほどしつこくお願いしておいたじゃないか』

興奮が極まってきた相手を宥めるため、優花は慣れない猫なで声をどうにか口からひり出した。

「必ず何とかしますから」

『頼みますよ。もうすぐ人生を賭けたディナーの時間なんだっ』

「ええ。今夜は『ミッドサマードリームナイト』の最終日でもあります。シェフだけではなく、ホテルの命運を賭した夜でもあるんですから。さあ、厨房に戻ってください。期待していますよ」

冷膳はまだブツブツと文句を垂れ流していたが、悠長に付き合っている暇はなかった。何しろ、このホテルがクリスマスシーズンよりも賑わう「ミッドサマードリームナイト」には、ディナーショー、庭園でのホタル放生、舞台、ライブなどの人気イベントが控えており、さらに今夜は、プライベートではあるが歌舞伎界の大物である市川硼酸次の例の儀式まで行われることになっている。予定を分刻みでこなす必要があるのだ。

この市川硼酸次が問題だった。おそらく冷膳シェフが目撃した大人の手の平サイズのあれ、というのは、彼が儀式に使う個体だろう。

「ビッグGね」

その名を呟いただけで、優花の華奢な背中にぶるりと震えが走る。

豪放磊落な人柄で、歌舞伎の演技だけではなく、その私生活でもワイドショーを賑わせてきた市川だが、実はかなりのあがり症で、初公演の前夜には必ず変わった儀式を行う。それがホテルの部屋に現れたGに大見得を切るという、とても一般人には理解しがたい内容のものなのだ。尋ねてもいないのに本人が事情を語ったところによると、以前、Gの出た公演が大成功したとかで、以来、欠かさず行っているという。

「あれほど逃がさないでほしいとお願いしたのに」

傍から見れば落ち着いているようでも、優花の胸のうちは相当なパニックに陥っている。どんな時でも冷静さを失うなという一族の教えがなければ、金切り声をあげたいほどに。しかし、今夜を成功に導けるかどうかで、優花がこのホテルを継承できるかどうかが決まってしまうのだ。できることを粛々とやるのよ。

相手がビッグGともなると、あの人物を招聘するしかない。

震える指先を制して受話器を取り上げ、今日は非番のはずの彼女の番号をプッシュする。

祈るような気持ちでコール音に耳を澄ましてまもなく、少し低めのハスキーな声が応答した。

2　姫黒　マリ

晴海埠頭の先に広がるレインボーブリッジを眺めながら、姫黒マリはタバコの先に火を点けた。

久しぶりの休日にお気に入りの大型二輪、黒いドゥカティで首都高を流し、一息ついたところである。

女盛りの五十代。サイドを刈り上げた短髪は空に向かって逆立てられており、すらりと伸びた肢体を黒のライダースーツが包んでいる。

「今日はやけに風が騒がしいわね」

かつて、ステージ上で男女の情愛を歌い上げたその美声はいささかも魅力を失っておらず、むしろ年月を経て深みを増し、円熟の域に達しようとしている。

高層ビル群のきらめきが暗闇を彩り、ヘルメットで締めつけられていたこめかみを潮風が撫でていった。

深く吸い込んだ紫煙をゆっくりと吐き出したその時、無遠慮な着信音が静寂を切り裂く。古い携帯電話を取り出し、相手が雇い主であることを確認してから手短に応答した。

「姫黒よ」

『鹿野森です』

「今夜は非番なの。要件なら明日聞くわ」

『存じてます。でも、明日では手遅れです』

いつもは小憎らしいほど落ち着き払っている鹿野森の声が、微かにうわずっていた。

『特大の個体が出たみたいなんです』

風が再び吹き抜け、吸い損ねたタバコの灰を四方に散らしていく。

小さな吐息とともに、マリは呟いた。

「どうしても、己の罪と向き合えということかしら」

『はい？』

「何でもないわ。今すぐ向かう」

『助かります』

鹿野森の声が安堵に震えたが、マリはもう携帯を耳元から離していた。

「罪の一つや二つ、今さら増えたところで、どうってことないじゃないの」

東京湾だけを観客にした独白は、シャンソンのはじまりのように詩的に響く。

再びヘルメットを被り、ドゥカティへとまたがった。数秒後、鋭い走行音の余韻を僅かに残し、マリの佇んでいた埠頭は、歌姫の去った舞台のように再び静寂につつまれた。

3　手押奏

メンデルスゾーン作曲の劇音楽を、ラフマニノフがピアノ独奏曲として編曲した『真夏の夜の夢より スケルツォ』。弾き手に超絶技巧を要求する難易度SSS級の旋律が、ホテルの格式高いホールに響き渡る。しかし、ピアニストの魂がこもっていない演奏は空しい。そして罪だ。

罪を垂れ流す背徳に酔いしれながら、手押奏は崩れた笑みを口元に浮かべた。

それにしても、今夜は会場がざわめいているな。

にこやかな笑みを浮かべながらも忙しなく会場を動き回るスタッフの様子が、あの悪夢のコンテストを彷彿とさせ、奏が心の奥底に沈めた記憶を無遠慮に刺激する。

首を振って能面のような無表情に戻り、譜面を視線でなぞっていった。

真夏の夜の夢は、言わずと知れたシェイクスピアの名作である。妖精王オベロンといたずら好きの妖精パックが仕掛けた魔法により、二組のカップルが夏至の夜に恋の喜劇を繰り広げる。しかしこれは、本当に喜劇なのか。いや、喜劇の態をとった悲劇ではないのか。

恋人達の情熱など、すべては一夜の夢のようなもの。恋こそ無常の最たるもの。

奏はその至福と地獄の両極を味わいつくし、そしてピアノに込める魂を失った。そうでなければ、音大二年の夏休み、ホテルのホールでこんなバイトなどしていなかっただろう。

思えば、あのショパンコンクールでの出来事は、人生の底ではなく、これから不運の大波が襲い来るという兆しに過ぎなかったのだ。

妖精の羽音を表現する繊細な旋律を、何の感情も込めず、機械さながらの正確さで打鍵しながら、去年のコンクールを思いおこす。

世界の名だたるピアニストを育て上げ、自身も伝説的なピアニストであるジョアン・コーネルとの二人三脚で挑んだ大会だった。相当のプレッシャーもあったが、コンディションは突き抜けて良かった。音楽の女神が恩寵を与えたのだとしか思えないほど、弾く喜びが指先から、いや胸底から迸り、奏は生まれて初めて万能感という言葉の意味を知った気がしていた。

課題曲を最高の演奏で終え、自由曲のラフマニノフを演奏するために舞台に上がった時には、耳の肥えたオーストリアのオーディエンス達がスタンディングオベーションで迎えてくれたほどだった。

あれが僕のピアノ人生の頂点だったんだろう。

クライマックスに向け、叙情豊かに盛り上がっていく旋律は奏であり、奏が旋律だった。今でも忘れられない。あれは、激しさを増す指の動きを正確に再現し、ついに、ラフマニノフの魂に触れたと思った次の瞬間の出来事だった。親指で弾いた音が——ぐしゃりとひしゃげたのである。同時に、閉じたまぶたの裏に見えていた光も、ふっつりと途絶えてしまった。

奏のタッチには問題がなかったにもかかわらず、響いたのは明らかな異音だった。それ以降、同じキーを弾く度に音がひしゃげ、集中力は飛散し、手に入りかけていた栄光も儚く消え去った。どうにか演奏を終え、ステージ上で頭を下げた時、カサコソとグランドピアノから這い出る汚らわしい蟲の姿が目端に映った。瀕死のまま触角を蠢かし、左右を探っているあの悍ましさ。

永遠にも思えた一瞬ののちに奏の悲鳴が会場内に響き渡り、オーディエンス達は、今年最も有望だった新人が前途を絶たれたことを知った。

あの時、あいつさえグランドピアノに紛れ込まなければ。

Gがグランドピアノ内にいたなど、本来、あってはならない事態だった。師の猛烈な抗議で再演奏の機会が提示されたものの、初回の演奏で訪れた集中も恍惚も、二度と戻ってはこなかった。

コンテストで失ったのは、ピアニストとしての輝かしい未来だけではない。あれほど奏に愛を囁いてくれた恋人、井川誠也も奏をあっさりと見放した。

「僕の存在は、君にとってプラスにならないと思うんだ」

「それは君と僕が同性だからか？　そんなの今の時代、何の問題にもならないだろう。現に僕の師匠だってパートナーは同性だし、どちらも世界を股にかけて活躍してるじゃないか」

「ごめん。もう決めたことだ」

狭い学内である。誠也の真意はすぐに知れた。新しい恋人ができたのだ。

次の相手は、声楽科で将来を嘱望されている一学年下の女性だった。奏と違って、あの男はどちらの性も恋愛対象になり得るバイセクシャルだ。自身もヴァイオリニストとしての才能に溢れ、そんな自分を誰よりも愛していた誠也は、パートナーにも彼と釣り合う相手を求めた。

ああ、僕の才能は涸れたのだ。

奏はそう理解し、以来、弾く機械になった。

鍵盤を叩きながら、こうして過去をじくじくとこねくり回せるほど、何の思い入れもない演奏をつづけている。

どうせこのエントランスホールで演奏を聴いているやつなんて、おそらく一人もいない。

ちらりと視線を走らせた時、しかし奏は信じられない光景を目にした。

当の誠也が、女性を伴ってエントランスに現れたのである。こちらに背中を向けてはいたが見(み)紛(まご)うはずがなかった。

正確無比だった演奏がふいに乱れ、瞬間、誠也が振り返ろうとしたのがわかった。

とっさに、糸が引くようなねっとりとした演奏スタイルに変え、首を大げさに振って誠也から顔を背(そむ)ける。

「マエストロのスタイルばかり真似(まね)をしても、所詮(しょせん)、ホテルのバイトレベルじゃね」

辛辣(しんらつ)な声が耳に届いたが、視線を戻すことも、抗議することも叶(かな)わない。

胸底から湧(わ)き上がるどす黒い感情が、指先からピアノの鍵盤へと注(そそ)がれていった。皮肉にも、無機質だった演奏がにわかに熱を帯(お)びていく。

許さない。僕を捨てて、自分だけ幸せになるなんて。

再びキータッチが乱れた。しかし今度の乱れは、師のジョアンでさえ聞き逃したかもしれない微かなものだ。

これまで失意の底に沈んでいた奏の虚(うつ)ろな瞳(ひとみ)に、いつしか暗い光が宿っていた。

4　蜚蠊郁人

蜚蠊郁人は、華やかなエントランスホールと壁一枚を隔てた裏側、スタッフ達が忙しなく立ち働くバックヤードを小走りに移動していた。

危うくぶつかりそうになった古参のスタッフに眉を顰められたが、構っている暇はない。軽く謝罪をしたのみで通り過ぎ、搬入用のエレベーターホールへと急いだ。

きちんとアイロンがけをしてきたオーダーメイドの白シャツに紺のスーツを着込んだ郁人は、健康的な肌つやさえしていれば、ホテルの常連である若い政治家のようにも見えただろう。

いつもと違う出で立ちは、師匠である市川硼酸次の大切な儀式に参席するためである。

もともと内弟子だった郁人が初めてこの儀式に立ち会った夜、選んだ洋服は、カジュアルなパーカーにジーンズだった。何しろ役目が役目である。小綺麗な格好で赴くわけにはいかなかった。

しかし、硼酸次は天地が揺らぐかと思うほどの大声で怒鳴った。

「この儀式を舐めるなあああ」

郁人はクビを覚悟したが、翌日、普段の温厚な人柄に戻った硼酸次が、「昨日は悪かったね」と銀座へと連れ出してくれた。その時にあつらえてくれたのがこのスーツ一式だったのである。総額は両手の指を足した数を軽く超える金額だった。

それほど主人が大切にしている儀式に、よりによって遅刻しそうになっている。

せっかちに搬入用エレベーターの扉の前で貧乏揺すりをしながら、小脇に抱えていた段ボール箱を持ち上げ耳を寄せた。

厚紙の向こうでガサゴソと蠢く微かな足音を確認し、ほっと口元を緩ませる。

茶色く艶やかに光る体節、そこからほっそりと伸びる付属肢。左右を油断なく探る触角は優美なカーブを描きながら左右に振れているだろう。

郁人の仕事は、主人が儀式に使うためのGを飼育し、儀式の度につつがない状態でホテルのスイートルームへと放つこと、そして問題なく飼育箱へと採集して連れ帰ることである。

もともとは歌舞伎役者を目指し、内弟子として稽古を積んでいた。しかし二年前のある日、楽屋に現れた一匹の美しいGを虫かごに捕獲している所を師匠に見初められ、運命が変わったのである。

「舞台から身を引いて、あたしの、いや、その生き物の世話をする気はないかい」

もともと己の芸の限界に気がつきはじめていた頃だった。出自がものを言う世界にも、嫌気がさしていた。

気がつくと、「はい、喜んで」と二つ返事で頷いていたのである。

儀式用のGはワモンと呼ばれる種で、成長すると四センチほどになり、屋内に発生するGとしては最大級である。さらに、郁人が精魂込めて育て上げたがゆえか、師匠が好むワモンは約七センチ近くまで成長した特大のG——ビッグGだった。

郁人が敬意と愛情を込めて付けた呼び名は、このホテルの関係者にも共有されている。

しかし一ヶ月前の儀式で、ビッグGにちょっとした事件が起きた。

確かに飼育箱に収容したはずの彼女が、一連の儀式を終えたあと、郁人がトイレで用を足している間に忽然と姿を消したのである。真綿にくるむようにして育ててきた雌Gの家出に、郁人は焦った。ビッグGに限らず、Gの生命力、繁殖力は強い。しかも彼女が放たれたのは、温度が安定し、雨風をしのげ、餌が豊富に存在するホテルである。

飢える心配はないだろうが、Gをこよなく愛し、自室で約百体ものレアGを飼育する郁人にとって、心配なのはむしろ、ビッグGがその辺の野良Gの手ごめにされるリスクだった。

あの子が、どこのものともわからないGに——あり得ない。

儀式にはピンチヒッターとして別のワモンを登用していることを、もちろん硼酸次は知らない。しかし、所詮は代役。ビッグGの持つ気品や演技力には遠く及ばず、硼酸次は「ビッグGは少し痩せたんじゃないか」と指摘してきた。

あの時は何とか誤魔化したが、一刻も早くビッグGを捕獲する必要がある。

現実的な心配をすれば、今は産卵の活発な夏である。幾度も産卵を繰り返してホテルにワモンが繁殖しかねず、その結果、ホテル側に気づかれて、子供たちもろとも駆除の憂き目に遭いかねなかった。さらにビッグGを逃がしたことが知られれば、郁人はGの飼育係という貴重な職を失い、ただの無職に成り果ててしまう。いや、郁人自身のことなど、どうでもいい。問題は、家で彼の帰りを健気に待つG達である。あの子達が餓え、最悪の状況として壮絶な共食いバトルロワイヤルを繰り広げることにでもなったら、郁人は自分を未来永劫ゆるすことはできないだろう。

何より、自身が深刻なビッグGロスに悩まされている。

この一ヶ月、郁人は、ホテルのバックヤードに儀式の下準備と称しては度々入り込んでビッグGを追い続けたが、彼女の行方はようとして知れなかった。それだけではない。恋人である木村菊子とのデートを何度かキャンセルして捜索に勤しんだせいで浮気を疑われ、今日も出がけに電話がかかってきて言い争いを繰り広げたために出勤がギリギリになってしまった。

ただでさえ菊子とは難しい関係なのに——。

この一ヶ月で、食欲不振、睡眠不足がたたったのか、もともとの痩軀がさらに薄くなり、色白の肌は不健康に青白さを増した。

エレベーターが到着し、扉が開く。停止階が少なければ何とか儀式に間に合いそうである。早足で中へ乗り込もうとしたその時、背後から野良猫がされるように思い切り襟首を捕まれた。

「待ちなさい！」

振り返れば、このホテルの若き支配人、鹿野森優花が息も荒く佇んでいる。

「蜚蠊さん、だったわね。あなた、今日は儀式の日でしょう」

「ええ、そうです。急いでるんで乗ってもいいですか」

「私も一緒に乗るわ」

鹿野森がようやく襟首から手を放す。

大きな瞳が郁人の小脇に抱えるボックスへと移り、意外そうに表情を緩めた。

「もしかして、それは——例のアレなの」

「ええ、そうです。覗(のぞ)いてみますか。今日もとびきり美しいですよ」

相手に気取られないよう、ことさら誇らしげな表情を繕(つくろ)うと、長い睫毛(まつげ)に縁取(ふちど)られた鹿野森の目元が、隠しきれない嫌悪(けんお)に歪(ゆが)んだ。

「いいえ、けっこうよ」

上昇するエレベーターの中で、鹿野森が言い訳めいた口調で話し出す。

「厨房にゴキブリが出たらしいの。それも、グランシェフの冷膳さんの手の平くらいある大きな個体らしくて。てっきりビッグGが逃げ出したんじゃないかと思ったのだけれど」

郁人の心臓が大きく跳(は)ねた。喜色が外に表れないよう、必死に表情を引き締める。

「それで、俺がビッグGを逃がしたんじゃないかと勘違いされたんですね」

「申し訳なかったわ」

さほど悪いとも思っていない様子で、鹿野森が軽く頭を下げた。

「いいんです。それより、そのGはもう捕まったんですか」

あの子がそんじょそこらのホテルスタッフにやられるわけがないと思いながらも、念のため尋ねる。

「スペシャリストがもうすぐ来るの。以前、紹介したでしょう？　姫黒マリさん」

「ああ、あの」

自然、声に敵意が滲んだ。人を食ったような不遜な顔が郁人の脳裏に浮かんでくる。

郁人が姫黒と引き合わされたのは、ビッグGの世話を任されるようになって一ヶ月後のことだった。初めての儀式参加に先だって、ホテル側の人間と打ち合わせをするために設けられた席に、あの女はいた。

「あなたが新しい世話役ね。もし万が一、ビッグGが部屋から逃げ出すようなことがあれば、あたしは容赦なく殺る。そのことを覚えておいて」

脅しているのでも、煽っているのでもなく、事実を淡々と告げる口調だった。ただならぬ迫力を纏った相手に、不本意ながらも気圧されたのを今でも覚えている。

女は、Gを殺すスペシャリストとして、先代の頃にこのホテルに特別に雇われたのだとあとから聞かされた。

プロの殺G鬼。

あの日以来、姫黒は郁人の天敵となった。

「よかったら俺も探しましょうか。儀式自体はすぐに終わりますし。姫黒さんが殺すスペシャリストなら、俺のほうはGの生態を知り尽くした生かすプロですから」

鹿野森は、しばしの逡巡ののちに頷いた。

「そうしてもらえると助かるわ。今夜はホテルにとって大切な夜なの」

俺にとっても、そうなりそうです。

自身のつぶやきが、彼が思うよりずっと重い意味で状況を言い当てていたことを、郁人はこの後、たっぷりと思い知ることになるのだった。

5　穀句 ローチ

穀句ローチはホテルのバックヤードの中でもひときわ薄暗い保管庫の一角で、かつての部下である艶漆彰と対峙していた。人目のない場所でも穀句らしくぴんと背筋を伸ばし、上品な笑みを張り付かせている。

「よくやってくれた。あの取り澄ましたお嬢さんが慌てた時の顔を拝ませてやりたかったよ」

「そんなものじゃ俺の気分は晴れません。何しろ、あの気色の悪い生き物とこの一ヶ月ずっといっしょだったんですからね。今日、虫かごから出してやったらあいつら、懐きやがったのか俺の周りを——くそっ」

「あの方が返り咲いたら必ずおまえも呼び戻してやるから、今夜はもう一働き頼んだぞ。ディナーショーが始まる頃に、今度は小さいのをばらまいてくれ」

言いながらその悍ましい光景が思い浮かび、穀句の腕が粟だった。

「わかってますよ。ただし、穀句さんが姫黒マリを止めてくれたらですがね」

「そっちは任せておけ。とっておきの姫黒封じを用意してある」

「それにしても考えましたね、Gをホテルにばら撒くなんて。会長の時代、ハリウッドスターの宿泊していたスイートに出没して、ホテルの評判がガタ落ちになった事件をなぞってるんですよね」

「余計な口は慎め」

穀句の顔から円みを帯びた笑顔が消え、一瞬、この男本来の狡猾さが剥き出しになった。艶漆が下卑た上目使いになる。

「ところで俺は今、ここをリストラされたせいで帰りにラーメンの一杯も食べて帰れないほど困ってるんですよ。もちろん、ホテルに勤めていた時のツテで、稼ごうと思えばいくらでも稼げるんですがね、俺だってホテルマンの端くれです。お客様にご迷惑をかけるのはためらわれますから」

脅しともとれる発言に対して穀句は微かに片眉をあげ、じらすように内ポケットから白い封筒を取り出した。

「これで帰りに美味しいものでも食べたまえ。くれぐれも、やりすぎるなよ」

「わかってますよ。俺だってこのホテルに潰れてほしいわけじゃありません」

封筒を受け取り、肩をそびやかして去って行く艶漆の背中を、穀句は黙したまま見送った。

あの男は劇薬だ。

疎ましく思いつつも、こういう局面ではやはり役に立つ。

艶漆は、かつてホテルのコンプレ係を務めていた男である。コンプレとはコンプレイン、つまり客からの苦情を指す。どんなに完璧を期したサービスを提供するホテルでも、コンプレの発生は宿命であり、どんなに一流のホテルでも、その格にふさわしい客ばかりが宿泊するとは限らない。


金さえ払えば何をしても許されると思っている困った客達の対応を任されていた艶漆は、いつしか高級コールガールの斡旋に手を染めていた。そのことが発覚してすぐにクビになったのだが、艶漆は穀句に対し、斡旋客のリストを週刊誌にリークすると暗に匂わせてきたのである。

そこで再雇用を交換条件に、この夜を混乱に陥れるため、ビッグGを盗ませ、在来種のGとともに飼育させ、ホテルにばら撒かせた。もちろんリークも思いとどまらせている。だが、すべてを知っている艶漆は、今や穀句にとって急所とも言える。

先ほどのようにラーメン代で済んでいるうちはまだいいが、このまま野放しにしていては近いうちに手に負えなくなるだろう。

穀句の脳内では、創業者一族である優花も、元部下である艶漆も、ホテルに仇なす存在という意味では同列だった。

高校を卒業してすぐにグランド・シーズンズのポーターとして働き始めた生え抜きホテルマンとしての矜持が、優花の望む改革も、艶漆の望む破壊をも拒絶している。

すべては、このホテルを守るためだ。

スーツの襟をさっと正し、ホテルのマークを冠したピンを正位置に微回転させてから、穀句は何くわぬ顔で保管庫を後にした。

6 霧吹 太治

霧吹太治は、ホテルの照明に青白く映る細面の顔をこわばらせ、その人の到着を待っていた。エントランスに佇むポーターと並び立つこと五分。そろそろ姿を現すはずである。

「いい？　今日は非番のところを呼び出したの。くれぐれも粗相のないようにね。あの人、少し気難しいところがあるから」

「あの人も支配人も、どっちもどっちだと思うんですけど」

思わず漏れ出た太治の心の声にも気づかず、鹿野森優花は眉根を寄せたまま、うろうろと総支配人室を歩き回っていた。無理もない、この大事な夜にGが出たのだ。万が一、VIP客に目撃でもされたらホテルの評判が地に堕ちる。

去年の夏に、鹿野森が総支配人のポストに収まってちょうど一年。不本意ながらも、彼女の秘書として嵐のような十二ヶ月を過ごしてきたが、太治には鹿野森に命じられた裏の顔がある。

それが、姫黒マリのアシスタントとして、ホテルを隈なく清掃するというものだった。姫黒という存在は、一般には清掃員として認識されているが、彼女が主に担当するのは部屋の掃除ではない。Ｇの駆除である。

プリンセス・ドリルというのが彼女の持つ必殺技で、初めて目にした時の凄惨な光景を思い出し、太治はぶるりと背を震わせた。

「今のをよく覚えておきなさい。これが使えるようになったら、あなたも一人前よ」

姫黒がワザを決めたままこちらを振り向いた時、太治は、最後まで彼女の声を聞くことができなかった。失神したのである。次に目が覚めた時にはホテル内の医務室のベッドの上で、田舎に帰りたいと本気で願った。

さすがに今はもう失神することはないが、姫黒が技を繰り出す度に顔を背けてしまう。

殺虫スプレーの使用が難しい厨房などが主な戦場とはいえ、天下のグランド・シーズンズが、なぜ姫黒のような野蛮な清掃員を雇い続けているのか、どうしても解せない。

「会長の時代からの付き合いだし、私も詳しいことは知らないのよ。でも、ここは庭の緑があるし、緑に隣接して繁華街もある。Ｇを根絶するのは難しいでしょう？　彼女が素晴らしいハンターであることは確かだし」

鹿野森の言い分はもっともな気もするが、姫黒の繰り広げる、あのＧの殺戮ショーは明らかに常軌を逸している。

　バイトを始めて一ヶ月もしないうちに、田舎の姉にもう嫌だと電話をしたが、「うちの家計だって苦しいんだから辛抱しなっせ」と涙ながらに諭され、心配した両親からは疲れた心が癒えるようにと、地元産の檜を使った入浴剤が大量に送られてきた。

　自分はいったい、どこで間違えてしまったのだろう。やはりこのホテルにバイトで入った時だろうか。それとも、上京を決めた時、いや、上京して初めてアレと出会った日だろうか。

　姫黒を待ちながら、ぼんやりと考える。

　進学のために上京し、絵に描いたような五月病になった。東京の華やかさに負け、毎日が浮かれたパーティのようなこの場所で暮らしていける気がしなかった。そして、実家のトイレほどの広さしかないワンルームに鬱々と引きこもっていた時、ついに、人生で初めてあの黒光りする物体を目撃したのである。生まれ故郷の北国では、ついぞ目にしたことのなかった特大のアレを前にして、それまで辛うじてストレスに抗っていた太治の心が、ぐしゃりとひしゃげた。

　我が物顔に這い回るアレに部屋を明け渡し、東京の街をあてどなく歩いた。地下鉄に乗ろうとしたが、一本乗り逃してもすぐにやってくる便利さにも、次々とホームに押し寄せる他人の波にも倦んだ。ホームへと伸びる階段を途中で引き返し、再び地上に出たあと、暗い路地を選びながら歩く自分は、部屋を這うアレとどこが違うというのだろう。惨めだった。

　田舎へ帰ろうか。何の輝きも持たない脇役が生きていくには、この街は明るすぎる。

夜でもネオンに白んでいる曇（くも）り空を見上げ、はたと気がつくと、まったく見慣れない界隈（かいわい）にいた。慌てて見渡せば、高速道路を渡った向こうに、ひときわ眩（まばゆ）い光を放つ建物がそびえ立っている。

誘蛾灯（ゆうがとう）に突き進む虫のようにそちらへ吸い寄せられ、やがてその建造物がホテルだとわかった。東京のど真ん中にあってゆったりとした車寄せを有し、正面入り口にはドアマンが恭（うやうや）しく控えている。背後に生（お）い茂（しげ）っているのはホテルが有する樹木林だろうか。さらに近づくと、小さなデスクの背後に姿勢よく立っていたポーターらしき若者が微笑（ほほえ）みかけてきた。

夜風が冷たい春の宵（よい）だ。若者の頬は寒さゆえか紅潮し、立ちずくめで疲れてもいたろうに、誇りと充実感が全身からみなぎっているように見えた。

受験勉強を終え、中流大学に進学し、新歓コンパで無理にビールを飲んで倒れて以来、はたと道筋を見失っている太治と眼前の若者は、そう歳（とし）もちがわないはずだ。なのに、彼と太治の間に横たわる溝（みぞ）は底が見えないほど深かった。

東京には、いろいろな顔がある。ブランド店の連なる大通り、若者達の流行を生み出す裏通り、多様な人々が集（つど）う夜の街。ただ、それらは地方でも目にすることができたし、物であればネットを介してそう苦労もなく手に入った。

しかし、こんなホテルはどうだろう。伝統と先進が融和し、窓の一つ一つの灯（あか）りさえ、たとえ実家と同じパルック電球だとしても圧倒的に上品である。出入りする人々は上等な服を完璧に着こなしており、彼らを受け入れるホテルマン達もまた、確かな矜持を纏ってそこに立っていた。

あんな風に佇むことができたら、僕も東京に勝てるだろうか。

照明が燦然と輝くエントランスホールへと足を踏み入れる勇気もなく、その場でまごついていると、ポーターの若者が笑みを湛えたままそばに寄ってきた。

「お客様、何かお手伝いすることはございますか」

気後れし、後ずさりながら首を振り、気がつくと駆けて逃げていた。一歩ホテルから遠ざかるごとに、負け犬の敗走をつづける自分への失望が深まっていく。

帰ろう。田舎に帰って公務員試験でも受けて、町役場で働こう。大学から逃げ帰ったなんて外聞が悪いけど、もうこんな大きすぎる街で暮らしたくない。

しかし、運命というものがあるとすれば、あの時の一本の電話がまさしくそれなのだろう。

ホテルから逃げ帰り、見なかったふりをしたアレの影におびえながら部屋でコーヒーを沸かしていると、姉から着信があった。

『姉ちゃん、あんたのバイトの面接予約したがら』

驚いて問い詰めると、近所に住む親戚の嫁の兄の友人の従妹の子供が勤めるホテルで、ちょうどアルバイトスタッフを募集しているという。

『ホテルなら安心だって父さんも母さんも言ってるし、とりあえず面接に行ってきなっせ』

田舎へ帰りたいとあれほど願いながら、瞼の裏ではあの煌びやかな窓の光がちらつき、言われるままにメモを取っていた。

その後、指定の場所を訪れて驚いた。紹介されたのは、まさしくあの夜のホテルだったのである。声をうわずらせたまま面接を受けてすんなりと採用され、当時、就任したてだった鹿野森総支配人付きの秘書に抜擢(ばってき)された。あの時は、驚きを通り越し、薄気味の悪ささえ覚えたものだ。

ホテルでの業務に慣れた頃、鹿野森にそれとなく採用の理由を尋ねると、「あなた、このホテルに全然関係なさそうだもの」との返事があった。それはつまり、こんなホテルとは縁のなさそうな田舎のイモに見えたということなのだろう。

あの瞬間から太治は、直属の上司である彼女を嫌いになった。いや、本当は面接でひと目見た瞬間から嫌いだったのかもしれない。

太治にとって、経営者一族の令嬢であり、幼少時代から上流階級の中で育ってきた彼女は、まさに東京の上澄みをさらに蒸留したような存在だ。上司として顔を合わせるたびに、田舎者のコンプレックスを刺激されいじけた気分になる。だったらアルバイトをやめればいいものを、なぜかそれもできないでいるうちに、こんな汚れ仕事まで命じられてしまったのだ。

車寄せで姫黒を出迎えるよう自分に命じた、端整な顔が脳裏(のうり)に浮かんだ。

あの女の髪も、目も、長い睫毛も、細い足首も、全部嫌いだ。

心の中で毒づいた時、遠くから単車の走行音が響き渡り、ドゥカティ・パニガーレが颯爽(さっそう)とエントランスに横付けされた。一介の清掃員とは思えないごく自然なしぐさでキーをドアマンへと渡し、ヘルメットを外す。つんと逆立った短髪の下に並ぶ鋭い双眸が、太治を射貫いた。

「休日出勤、お疲れ様です」

「相変わらず景気の悪い顔ね。私なら疲れてないわ。それより状況を聞かせて。随分大きなのが出たんでしょう」

「はい。オ・ミリウの厨房に。グランシェフが一刻も早く来てくれと」

「楽しい夜になりそうね」

姫黒が、バックヤードからではなく、ホテルの表玄関から堂々と出勤する。その隠しがたい風格は、ハイブランドを身に纏ったホテルの客達をも完全に凌駕しており、どこのＶＩＰが到着したのかと、ちらちらと視線を走らせるものもいた。

「うちのホテルの裏の仕事を背負ってもらってるの。できれば霧吹君には姫黒さんの跡をついでほしいと思ってる」

鹿野森に言われるがまま、初めて引き合わされた日の姫黒も、常人離れした華やかなオーラを発していた。

あなた、一体何者なんですか。

何度聞いてもまともに答えてもらったことはないが、一つだけわかっていることがある。

彼女も、俺にとっての東京だ。

ただ、鹿野森と対峙する時とは違い、姫黒といてもコンプレックスが刺激されすぎることはない。彼女の仕事を目の当たりにしているせいか、畏怖の念さえ抱いていた。

姫黒は、エントランスホールを突っ切って、バックヤードへと最短ルートで向かっている。さっさと付いてきて、という代わりに、振り返らないまま人差し指の先をくいっと曲げ、さらに早足になった。

「くそっ」――

誰にも聞こえないように毒づくと、太治も、口元を引き締めて後を追った。

7
冷膳　亘

冷膳亘、四十歳。趣味は彫刻、娘が二人。フランス人の妻はこれこそZENだという和食以外口にせず、娘からは「パパの料理ってこってりしすぎい」ともっぱら不評だが、このグランド・シーズンズのフレンチ『オ・ミリウ』では押しも押されぬグランシェフである。

二十代の時に単身、日本を飛び出して、パリの有名店で修業を積んだ。三十代でミシュランの星を冠した有名店にスカウトされてグランシェフを務めたものの、四十代にさしかかった頃、そろそろ日本で店を持とうかと思い立ち、日本人よりも日本を愛する妻と、かわいい一人娘を伴って帰国した。

「冷膳さん、うちのフレンチをミシュランの星つきにしてください」

ホテルの総支配人に就任したばかりだという鹿野森優花にそう口説かれたのは、帰国して少し落ち着き、そろそろ出店のための物件を探そうかという頃だった。

経験も十分積み、アイデアも無限に湧いてくる。他人に雇われるメリットなどない。

ホテルからのオファーなど突っぱねようとした手を制止したのは妻と長女だった。

「素晴らしいチャンスじゃないの。ホテルのグランシェフなんて、きっといい経験になるわ。ミシュランの星が欲しいってあなたも言ってたじゃない。もちろん私だって、ミシュランの星を獲った男の妻でいたいしね」

妻の声を、はからずも生意気盛りの長女が翻訳してくれた。

「パパ、安定っていう素晴らしい日本語があるの。知ってる?」

冷膳亘、四十歳。部下のシェフ達には強く出られても、妻と娘にはめっぽう弱い。それだけならまだいい。彼にはもう一つ弱いものがあった。

プレッシャーである。

二十年も厨房に立ち続けていれば修羅場の三つや四つくぐり抜けているものだが、彼はその度に大切なものを一時的に失った。

シェフにとっての命そのものの――味覚を。

実は、最初の職場では、この味覚トラブルが原因で取り返しのつかない失態をおかし、シェフの座を追われたのである。

この心因性の爆弾ゆえに、彼は、妻子の制止を強気に振り切ることができず、夢みた一国一城の主という立場は夢想の露と消えた。

そんなわけで冷膳は、一国一城の主としてではなく、今も雇われグランシェフとして、この戦場に立っている。

「岩倉、茶豆のスープ、塩の種類を間違えたな？　バリ産の海塩って指定しただろ。それから藤岡、マトンの下味がまだ不十分だ。五分追加。田浦、サラダの盛り付けやり直しだ、皿洗いに戻すぞ」

「グランシェフ、たった今連絡が入って、例の人物がエントランスホールに姿を現したそうです」

「──そうか」

グランシェフ、冷膳。彼の使命は、ホテルの看板フレンチ『オ・ミリウ』に星をもたらすこと。

そして、そのチャンスがまさに今夜訪れようとしていた。

ミシュランの覆面調査員が今夜レストランを訪れるというリークがあったのは、先月のことだった。鹿野森のつてを駆使した情報で、人物像まで特定されている。

身長百七十センチ、やや胸板が厚く毛量の多い神経質そうな男。ウニアレルギー。

「念のため、アレルギーを確認するんだ。いいな」

「ウイ、シェフ」

報告に来たホール責任者の若宮(わかみや)が厨房を出ていく。

「おい、右手と右足が同時に出てるぞ」

「申し訳ありません」

ベテランの若宮でも、今夜ばかりは相当のプレッシャーがかかっているらしい。ややぴんと伸びすぎている背中がホールへ消えたのを確認したあと、従業員用の携帯電話をポケットから取り出し、総支配人直通の八番を押した。

『はい、鹿野森です』

「冷膳です。対応はまだですか。確実に捕獲してもらわなくちゃ安心して集中できませんよ」

『間もなくそちらに姫黒さんが伺(うかが)うはずです。ホテルには到着済みですので』

「急いでください」

内心、姫黒と聞いてぎくりとしたものの、声に動揺がにじまないよう注意して通話を終えた。

Gが出る度に厨房にやってくる姫黒が、冷膳は苦手だった。やたらと力の強いあの瞳に捕まると、己の弱さを見抜かれているような気になるのだ。

緊張する度に味覚を失うなんて、それでもプロなの？

彼女自身が、ただ者ではないオーラで他を圧倒するせいだろうか。会うたびに否が応でも卑屈(ひくつ)な気持ちになる。

冷膳が小さくため息をついたその時だった。

カサッ。

味覚と同じくらい優れた彼の聴覚が、この場で聞こえるべきではない音を捉えた。ぱっと後ろを振り返った床に、果たしてGがいる。

「くそっ」

右へ行こうか左へ行こうか、思案するかのように触角を蠢かすそいつは、不気味だが、先ほどの個体よりは明らかに小ぶりだ。ということは、少なくとも今夜に限って二匹も出没したことになる。

「一体どうなってるんだ」

切っても切り離せない存在とはいえ、ホテルもGに対し、ただ手をこまねいているわけではない。定期的な殺虫メンテナンスは怠っていないし、姫黒のようなスペシャリストを派遣して個別に対応してもいる。他のホテルならいざ知らず、この名門ホテルで一晩に二匹も出るなど由々しき事態だった。

しかもそのうちの一匹はあの特大のやつだ。眼前にいる種は、大きさや色からして、まったく別の種のようだった。

「うわっ」

デザートの皿にオレンジソースをデコレーションしていたコックも、個体に気がついて悲鳴を上げた。

「動じるな」

自分のことは棚（たな）に上げて叱責（しっせき）した次の瞬間だった。

耳元をふっと風が掠（かす）めたかと思うと、目の前に清掃員の女がかがんでいた。

冷膳が声を掛ける間もなく、ドンッとくぐもった音が響く。

「――姫黒さん」

こちらに背を向けたまま、姫黒の右肘（みぎひじ）が九十度回転した。肘の動きに合わせ、手の平もまた高速で角度を変える。時間にしてゼロコンマ以下数秒の動きだったが、冷膳の目にはスローモーションで展開された。息を詰めていたことに気がつき、大きく吐き出す。

一度、心臓がどっとうち、とくとくと動悸（どうき）が始まった。心理的負荷の高い状態がつづくと現れる症状である。

まずい。

深呼吸を繰り返しながら、姫黒と向き合う。

「これはただの小物ね。冷膳さん、特大のGとやらが現れたのはどこなの」

挨拶（あいさつ）もなしに立ち上がった姫黒は、すぐ脇に控えていた霧吹の差し出した袋に、流れるような仕草で今脱（ぬ）いだばかりのビニール手袋を投げ入れた。

第二章　蠢（うごめ）く思惑

1　木村（きむら）菊子（きくこ）

やっぱり彼、本当に浮気をしているのかもしれない。

木村菊子は、日本が誇る殺虫剤メーカーの老舗（しにせ）、フヒキラー株式会社のエントランスを物憂（ものう）い顔で通り過ぎ、整然と街路樹が並ぶ歩道へと出た。

生ぬるい風が頬を撫（な）でて通り過ぎていく。こんな風に蒸（む）す夜は、Gが出やすい。今もヒールが踏（ふ）みしめる舗装タイルの下でやつらが這い回っている気がして、胸の奥で殺意が疼（うず）いた。

社外に出てからもGのことを考えるなんて、思ったよりストレスが溜（た）まってるのかも。

そのストレスの元凶である蜚蠊郁人との会話が耳の奥で甦（よみがえ）る。

「どうして？　今日は早退させてもらえるって言ってたじゃない」

『いや、実はちょっとその——都合が悪くなっちゃって。早く上がれそうにないんだ』

「もしかして、また市川さんが癇癪を起こしてるの」

『うん、まあ、そんなとこ』

煮え切らない返事のあとは沈黙が流れ、『じゃあ』と通話が途切れた。

いくらなんでも、こんなに頻繁にデートをキャンセルされるのはおかしい。

交際は順調だと思い込んでいた。彼が自分を見つめる瞳の奥に、確かな愛情を感じてもいたのに、あれは自分だけの勘違いだったんだろうか。

郁人の笑顔を思い浮かべると、タイルを踏みしめて歩くヒールに力がこもる。

漫画のような経緯で出会った相手だ。本屋の洋書コーナーで偶然、同じ棚の本に手を伸ばしたのである。背表紙に印字されたタイトルは『Ｅｎｃｙｃｌｏｐｅｄｉａ　Ｏｆ　Ｃｏｃｋｒｏａｃｈ』。Ｇの権威が監修に携わった最新のＧ百科辞典である。二人とも指先を背表紙に残したまま、まじまじと見つめあった。

あの時、食事でもしませんか、と誘ってきたのは郁人のほうだったか。それとも、菊子自身だったろうか。

レストランで改めて向き合ってみると、郁人は落ち着きを感じる品のいい顔立ちで、着ているスーツもひと目で高級なものだとわかった。

どこかのお坊ちゃん？　それにしては――。

なぜか危険な香りを漂わせてもいた。頭のてっぺんからつま先まで眺めてみても、むしろ安心感を与える要素しかないのに、落ち着かない気持ちにさせられる。そのギャップに引きつけられた。昔から、危険な香りに抗いきれたことがないのである。

「なぜあの本を?」

尋ねられた時、菊子の脳裏にとっさに浮かんだのは友人からの忠告の声だった。

殺虫スプレーの研究員なんて、女子力なさすぎでしょ。絶対に隠したほうがいいよ。

「実は本のタイトルを間違えてしまって。今日、コンタクトを忘れちゃったんですよね」

コンタクトを忘れたのは本当だったが、少し上にある本の背表紙が見えないほど視力が悪いわけではなかった。

「蜚蠊さんはどうして?　あの——虫のことでお困りなんですか?」

郁人は一瞬きょとんとしていたが、そのあと、泣き笑いのような表情を浮かべて頷いた。

「ええ、そうなんですよ。家にいるんで」

「それは大変ですね」

あの夜、バッグの中にはまだ世の中には出回っていない最新のG用殺虫剤があった。殺傷力が高く、的中した次の瞬間にはGを死に至らしめるため、人間側の心理的な負担も少なくて済む。

しかし、未発売品を手渡せば、相手に自分の職業を明かさざるを得なくなる。菊子は、目の前の相手を逃したくなかった。

「ところで、蜚蠊さんはどんなお仕事を」

以降、二人を結びつけた本へと話が戻ることはなかった。

帰りの地下鉄へと降りる階段から、降車客がぞろぞろと湧いてくる。

この前、二人でゆっくりとデートしたのはもう一ヶ月以上も前のことだ。マメに連絡こそくれるものの、いつにも増してドタキャンが増え、突然の電話にもおざなりな対応とくれば、いよいよ浮気の可能性を否定しきれなくなってくる。

もしかして、私の職業がばれて敬遠されたとか？

そうだとしても、話し合おうともしてくれないのはあまりに誠意がなさすぎる。もしかして、このままフェイドアウトでもするつもりなのだろうか。

よくよく考えれば、郁人の住んでいる部屋がどこなのか知らない。東中野（ひがしなかの）にマンションがあることは聞いているが、「僕のベッドは狭いから」といつも向こうが菊子のマンションへと訪ねてきた。職業は市川硼酸次の付き人ということだったが、サラリーマンのように社員証もないし、口では何とでも言える。

心の中で孵化（ふか）した不安が、黒々と増殖していく。

今日だって、グランド・シーズンズには仕事で行ったんじゃないのかもしれない。知らない女といっしょなのかもしれない。私とは、そんな素敵な場所に行ってくれたことなんてなかったのに。

もはや浮気は確定事項のような気さえして、意図せずぶつぶつと呟きながら歩く菊子を、人々が少し距離を空けてすれ違っていく。

気がつけば、地下鉄の通路の分かれ道に移動していた。

右は、家へと帰る東武東上線。

左は、グランド・シーズンズへと向かう丸ノ内線。

様子を見に行ってみようか。しかし、突然ホテルを訪れたところで会えるかどうか。それに、いったん家に戻る予定だったから、服装もかっちりとしたグレーのシャツにベージュのセンタープレスパンツで、デートにしては色気がなさすぎる。

しばらく人の波に逆らって立ち止まったまま決めあぐねていたが、迷うのにも疲れて、ついに一歩踏み出した。心の中ではおそらくもう、答えは決まっていたのだ。

丸ノ内線の赤い円が、人の流れごと菊子を呑み込んでいった。

2 鹿野森 優花

姫黒が来てくれたら、半分は事態を解決したようなものだ。

秘書の霧吹から連絡を受け、すぐに二人がいるという『オ・ミリウ』へと足を向けながら、優花は安堵のため息を吐いた。

幼い頃、祖父は長い休みの度に、蓼科の別荘へと優花を伴ってくれた。いとこ達やその家族が一斉に集うお盆などは、広い庭で専用のシェフが腕を振るうＢＢＱ大会が催されたり、ピアノや管弦楽器の演奏家を呼んだミニコンサートが開かれ、子供達を喜ばせるためだけに打ち上げられる特大の花火は、それは美しいものだった。

ところが優花が中学校へ上がってすぐの夏から、一族が集う舞台は、蓼科から葉山へと移されることになった。

「少し釣りでも嗜もうかと思ってね」

祖父はそう言って笑ったが、一度も釣りに出かけるのを見たことはなく、突然の心変わりの謎が解けたのは、優花が高校生になってからのことだった。

「久しぶりに蓼科の別荘へ行かないか」

当時から優花は祖父のお気に入りだという自覚はあったが、二人きりでどこかへ出かけようと誘われたことなどなかった。

ホテルの後継に関する話があるんだ。

すぐにそう直感したが、敢えて何も問わず、言われるがままに蓼科へと出かけた。そこで初めて、思い出の別荘にひっそりと暮らす女、姫黒マリと出会ったのである。

姫黒は今と同じように、超然とした様子で庭にしつらえられた家庭菜園のトマトを摘んでいた。

「うちのホテルで害虫駆除をお願いしている、姫黒さんだよ。おまえもいつか世話になるのだから覚えておくといい」

「害虫駆除？」

小首をかしげた優花はしかし、祖父や姫黒と広い別荘のリビングで談笑している時に、その害虫が具体的に何を指すのかを知ることとなった。

バンッ！

唐突にテーブルを叩く鋭い音が鳴り響いたあと、姫黒の手首が九十度回転したのである。

「ちょっと待ってて。消毒液を持ってくるから」

面食らう優花をよそに、姫黒は悪びれる様子もなくキッチンへと下がっていく。

おそるおそるテーブルに視線を落とすと、今さっき姫黒が手をついていた箇所に大きな染みがついていた。

目をこらして近づいた次の瞬間、「うっ」と後ずさる。独特の異臭が、鼻の辺りにまとわりついてきた。

「どいて。あなたは見ない方がいい」

姫黒が慣れた手つきでテーブルを拭き、アルコールスプレーを吹きかけて消毒している。

みるみる茶色の痕跡は消え去ったが、それでもまだ先ほどの染みが広がっているように見えた。

Gだった、よね？

「はい、これできれいになった。会長ね、こんないたずらをしたのは」

「さて、何のことやら」

祖父は相好を崩して惚けているが、おそらく姫黒の言う通りだろうという気がした。

グランド・シーズンズをその双肩に背負う祖父には、人となりの広さをはかりかねる、どこか得体の知れないところがあった。ホテルの従業員の間では、たまに従業員に紛れてホテルを視察しているらしいと真しやかに囁かれている。

「びっくりさせたわね。さあ、これを飲んで」

姫黒がしれっと、氷入りの麦茶を差し出してくれた。

でもさっき、その右手でGを――。

その後、出前の鰻重が差し出されたが、一口も喉を通らなかった。視線は、再び現れるかもしれないGを用心してリビングを絶えず彷徨ってしまう。時々、姫黒を盗み見た。正確には、時々、視線が彼女に吸い寄せられた。なにせ目を惹く女性だった。すらりとしていて、どこか上品さを漂わせている姫黒は、ホテルの上客と言われても納得できる。

「おじいさま、あの人は何者なんですか。害虫駆除業者ってわけじゃないでしょう」

「古い馴染みだよ。ホテルではG専門の清掃スタッフとして活躍してもらっている」

「そんな人が、いたんですか?」

すぐそばに繁華街が広がるグランド・シーズンズは、G被害に遭いやすい。とくに最近の温暖化の影響か数が増え、厨房での出現率が高いため、薬品スプレーではなく素手でGを仕留める凄腕の姫黒に依頼し、定期的に駆除を依頼しているのだという。

「彼女はそのうち、ホテルの要になるだろう。彼女なしでは立ちゆかないほどね。彼女の存在もホテル同様、私からおまえに引き継がれる財産なんだよ」

あの日の祖父の言葉は優花がホテルを継いでいる現在、半ば真実となっている。

深呼吸をしてから、オ・ミリウの厨房につながる扉を開けた。

だだっぴろい厨房では、コック帽をかぶったシェフ達が忙しなく立ち働いていたが、隅のほうに、場違いな二人組が見える。霧吹と姫黒だった。

「休日出勤ありがとうございます、姫黒さん」

「とんでもない夜になったわね」

言葉とは裏腹に、姫黒の横顔は明らかにこの状況を楽しんでいる。つまり、個体はかなり大きいか、数が多いということだ。冷膳の証言からして、今日は前者のほうだろう。

「あんなどでかいのが客の前に出たら、うちの店は終わりですよ。普通のＧじゃない。一体、どうしてあんなのがホテルの厨房に」

冷膳の言葉を受けて、霧吹がさっと優花に視線を走らせた。おそらく、優花と同じくビッグＧが逃げ出したと考えているのだろう。

何も答えるなと目で訴える。

市川硼酸次の儀式の件は、極秘中の極秘事項であり、そういった儀式を行うＶＩＰがいることを知るのは、ホテルでも一部の人間に限られる。

それにしても、そのような大形の個体が出たのなら、ホテルにとって深刻な事態だった。先ほど蜚蠊がビッグGを運んでいる姿も確認しているから、今現在、ホテルには少なくとも二体もの大形Gが存在していることになる。

「きっと繁華街のほうから流れてきたんでしょう」

冷膳からGが発生した時の説明を受けていると、先ほどエレベーターで別れたばかりの蜚蠊郁人もやってきた。

「蜚蠊さん、お仕事はもう終わったんですか？」

とっさに蜚蠊の手を引いて厨房の隅まで向かった。

「いえ。でも今日は師匠が一時間ほど遅刻されるようなので」

「そう。あの、Gの駆除を手伝っていただけるのは嬉しいんですが、守秘義務もありますし、他の人達には例の儀式のことは言わないでくださいね」

蜚蠊は万事心得ているといった顔で頷いた。

「もちろんです。僕だって師匠をゴシップの的(まと)にするのはごめんですから。それで、Gが出たのはどこら辺ですか」

「あちらです。スーシェフの話だと、まだその辺に潜(ひそ)んでいるかもしれないそうです」

蜚蠊の瞳が爛々(らんらん)と光を放つ。

「この辺りに出たんだとしたら、床下の配管を伝ってやってきた可能性が高いですね。何か香りの強い食べ物でも調理していたんでしょうか」

蜚蠊は、さっそく姫黒や冷膳、霧吹を相手に、その場を取りしきろうとしている。

「なぜ、この子がいるの」

やや苛立(いらだ)った様子の姫黒に対し、周囲が聞き耳を立てているのを考慮(こうりょ)して慎重(しんちょう)に答えた。

「彼もGのスペシャリストですし、この際、頭数は多いほうがいいと思いまして」

「へえ」

皮肉まじりの声を発した姫黒に対し、蜚蠊は尖(とが)った視線で応(こた)えた。

優花が間に入ろうとしたよりも一瞬早く、姫黒と蜚蠊が突風のような速さで背後を振り返る。

「出たわね」

「これは――」

二人におくれて顔を巡(めぐ)らせると、いた。ベージュの床タイルの上を、特大の〝G〟が触角を蠢かしながら這っている。

品種には明るくないが、以前、蜚蠊から見せられたビッグGとよく似ていた。羽はべっこうのように透(す)き通っており、黒々としたまだら模様が入っている。百円玉を三枚並べたほどの大きさという点もいっしょだった。

「こんなに人がいるのに逃げもしないなんて」

優花が小さく呻(うめ)くと、蜚蠊が恍惚とした表情で答えた。

「手入れの最中なんですよ。ああやって触角を曲げて舐めることで手入れしてるんです。どうです、人間の女性とそんなに変わらないでしょう」

「あいつは何を言ってるんだ」

冷膳が蜚蠊を気味悪そうににらむ。

一歩、また一歩と蜚蠊が巨大Gへと近づいていく。その動きを阻むように、姫黒もそちらへ歩み寄った。

Gが、姫黒の射程距離に入った。同時に、蜚蠊が姫黒の視界を遮るように立つ。

「どいて。邪魔よ」

「依頼は駆除です。殺虫じゃない」

厨房が緊迫した空気に包まれるなか、優花のポケットの中でケータイが震えた。

その一瞬の鳴動に反応したのか、Gがかさりと前進する。

「遅いっ」

姫黒が華麗な跳躍でGへと襲いかかる。

スマートフォンを握った優花の指に、力がこもった。

これで巨大Gの始末はほぼ決まったかに思われた次の瞬間、

「させるかあああ」

普段は声の小さい蜚蠊の絶叫が響き渡った。

同時に、コンソメキューブに似た薄茶色の立方体が宙を舞う。

Gがぴくりとキューブに反応し、次の瞬間、大きく飛翔した。器用にキューブを空中でキャッチし、そのまま食器棚の上に飛び乗る。一方の姫黒は、Gの突然の軌道変更に対応し損ね、虚しく着地するしかなかったようだ。

棚の天板の端から、人間達を馬鹿にするように長い触角がはみ出して蠢いている。

「はしごを持ってきます」

霧吹が厨房を駆け足で出ていった。その背中を苦笑で見送ったあと、蜚蠊が視線を食器棚の上に投じた。

「いい子だ。ほら、ここにもっとあるぞ」

道ばたで美しい野良猫に話しかけるような甘やかな声。手元には採集用とおぼしき小型の虫かごが収まっており、さらにその中にもキューブが見えた。

「おい、おまえ、さっきから何をやってるんだ。姫黒さんの邪魔しやがって」

唇を怒りで震わせ、冷膳が蜚蠊の胸ぐらを掴む。頬のこけた青白い顔は、それでも怯むことはなかった。

「ですから、Gの駆除ですよ。要は、Gがここからいなくなればいいんでしょう？　仮にも人様の食事を用意する厨房で殺虫剤を撒くわけにもいかないでしょうし」

「あたしはそんなものは使わないわ。一瞬で潰すのよ」

「なっ、や、野蛮な人だな。衛生面から考えたってあり得ないですよ。僕のやり方なら、ここを汚すことなく捕獲できます」

「一発で仕留められないなら、ただの理想論ね。坊や」

姫黒の視線は食器棚に据えられたままだったが、霧吹がはしごを抱えて戻ってくる数秒前に、蠢いていた触角は消え去っていた。

「くそっ、あなた達が茶々を入れなければとっくに捕まえられたのに」

「あれを捕まえる？　一撃必殺で仕留めるまでよ」

「お二人とも、今はチームとして動いてください。とにかく、あのGを捕らえるのが最優先です」

ヒステリックに叱りつけたい衝動を必死にこらえ、優花は二人の間に割って入った。その間も、しつこくスマートフォンが震え続けている。

「はい、鹿野森です」

『あ、総支配人。こちらフロントです』

「どうしたの」

ホテルの主要部署に優花の直通番号を伝えてはいるが、フロントを預かるマネージャー菅原は経験豊かなベテランで、ほとんど優花を煩わせることはない。

『それが』

一瞬の間に、不吉な予感が膨らむ。

『エントランスホールのグランドピアノ周辺に、その――出ております。至急こちらにも姫黒さんを派遣してください』

「フロントにまで？　大きさは」

『通常サイズかと。少なくともビッグGではございません』

菅原は例の儀式について知っている数少ない内部の人間の一人だ。優花といっしょに蜚蠊の飼育かごの中を覗いたから、ビッグGのグロテスクなサイズ感もよく知っている。

それにしても多すぎる。優花が総支配人に着任してからGが出たことは皆無ではないが、一日にこれほど、しかも姫黒の手を煩わせるほど頻出するのは初めてのことだ。

「ほかの場所でも出たのね」

姫黒が、優花の横に立った。

「ええ。よりによってこんな大切な日に――」

「もしかして、大切な日だからじゃないでしょうか」

呟いた蜚蠊の声には、背筋をひやりとさせるものが潜んでいた。

「このホテルみたいに駆除対策を徹底している場所で、こんなにあちこちからGが出てくるなんてあり得ません。本来であれば、明るい場所だって好まない繊細な生き物なのに」

「何が言いたいんです」

尋ねると、今度は姫黒が思案気に呟いた。

「つまり、誰かが意図的にGをこのホテルに放したって言いたいのね」

「まさか――」

否定したいのに、続きの言葉が出てこない。脳裏に素早く、幾人かの内部関係者の顔が浮かぶ。しかしいくら優花のことが気に食わないからといって、自らの職場をゴキブリの餌食にする人間などいるのだろうか。

だとすれば、愚かすぎる。

「とにかく、向かってくれますか。今度はエントランスホールだそうです」

優花の言葉に、姫黒と蜚蠊が、目で牽制し合ったまま頷いた。

3　手押奏

奏の指先が、鍵盤上を自在に駆け巡る。

クライマックスに向かって上り詰めていく旋律を、打鍵マシンと化して弾きおおせようとしていたその時、くぐもった一音が唐突に奏の集中を乱した。

上腕部がぴくりと反射し、こめかみをひんやりとした汗の滴が伝っていく。

覚えのある感触だった。悍ましさに、腕全体がぞわぞわと粟立つ。

これまでノーミスでつづいていた演奏が立て続けに不協和音を響かせ、ホールを歩く幾人かの視線が奏の頬を刺した。

まさか。そんなはずはない。一生に一度あるかないかの出来事が、二度も起きるなんて。

どうにか演奏を終えて水を一口飲んだあと、おそるおそるスタインウェイの内部——大屋根の下の響板をのぞき込む。

頼む、勘違いであってくれ。

奏の願いも虚しく、弦を打つハンマーの脇からそれは這い出てきた。足を一つ失い、胴体も傷ついている。ハンマーと弦の間に挟まれて切断されたのかもしれなかった。

「うあ」

小さな悲鳴が、奏の口から漏れ出る。

一匹だけではなかったのだ。あろうことか、傷ついた個体に寄り添うように、もう一匹のGが並び蠢いていた。

Gは、飢えると共食いもするという。弱った個体が餌に値するかどうか確かめているのかもしれない。

「うああ」

もう、コンテストの時のような絶叫などできなかった。代わりに、胃の腑からこみ上げてくるものがある。

異変を察知したのか、今朝挨拶を交わした菅原フロントマネージャーが駆け寄ってきた。

「いかがいたしましたか」

「そ、そそそそ、それ。それをどかしてください」

「それ、と申しますと」

奏にならって、スタインウェイの内部をのぞき込んだ菅原の表情がぐっと引き締まった。

えずいた奏に、どこから用意したのかさっとビニール袋を差し出すと、菅原が誰かに命じる。

「これは、大変なご無礼をいたしました。すぐに善処いたします。飯倉(いいくら)、手押先生を控え室にお連れして」

「承知しました」

影のように控えていたホテルマンが歩み出て、奏を落ち着かせるように頷いてみせる。

「先生、こちらへ」

「い、い、一体、どういう手入れをしたらグランドピアノにこんなものが紛れ込むんですか」

目の前の相手を問い詰めたところで答えなどないことはわかっている。何しろ相手はGだ。人類以前からこの惑星で歴史を刻んできた手強(てごわ)い相手なのだ。しかし、演奏中のピアノにGが紛れ込むような出来事が、なぜ自分には一生で二度も起きたのだろう。

「あり得ない不手際(ふてぎわ)ですよ」

誰かを責めずにはいられない。そうでなければ、不運などという理不尽(りふじん)な一言で、この凶事を片付けるしかなくなってしまう。

「まことに返す言葉もございません。私どもが対処する間、ぜひ一度控え室にお戻りになって、飲み物でも召し上がってください」

付き添いのホテルマンが薄くなった頭頂を奏に向けて下げた向こうに、エレベーターホールから出てくる誠也の姿が見えた。

あんなにも蕩けた表情を、誠也が自分に見せたことはあったろうか？

左腕にナマケモノのようにぶらさがっているタレ目の女は、やはり声楽科の学生だ。こちらになど目もくれず、フロアの反対側に位置しているラウンジカフェへと入っていく。無意識に奥歯を噛みしめていたのか、みしっという嫌な音がこめかみに響いた。パニックを起こしていた脳が、急速に冷えていく。

あいつらも、Gだ。

「さ、控え室へ」

「いえ、いいです。もう落ち着きました」

「しかし――」

「駆除が済んだらすぐに弾きたいので」

飯倉の瞳にプロフェッショナルへの敬意が見てとれたが、奏の発言の真意を知ったらさぞ驚くだろう。

あいつらの時間をぶち壊してやる。いや、それじゃ生ぬるい。ピアノを凶器にして、あいつの精神も殺してやる。

　二人が消えたカフェの方向をにらみつけていると、物々しい一団が、スタインウェイを囲んだ。見れば総支配人の鹿野森が、やけに迫力のある清掃員の女性と、どこか退廃的な香りを放つ男を伴っている。

「お待たせしました、姫黒さんと蜚蠊さんをお連れしました」

　飯倉が、視線だけで鹿野森にスタインウェイの内部を指し示した。鹿野森が整った目元を微かに歪ませたあと、奏へと向き直る。

「この度は大変失礼しました。指にお怪我などありませんでしたか」

「いえ、僕は大丈夫です。それより早くスタインウェイを救ってあげてください」

　感謝の眼差しをこちらへ向けたあと、鹿野森が従えてきた二人を振り返る。すでに二人とも熱心にピアノの内部をのぞき込んでおり、鹿野森の存在など忘れているようだが。

「逃げようともしないなんて、大分弱ってるみたいね」

　やけに深みのある声で呟いたのは清掃員の女のほうだ。男のほうは見るからに高級そうなスーツに身を包んでおり、どういう立場の人間なのか判然としなかった。

「見てください。半身を潰されたつがいのもとを立ち去らず、こうして守ろうとしている。こんなにも情に厚い生物を僕は他に知りません。人間なら自分だけ生き残ろうと、とっとと逃げますよ」

「美談にするんじゃないわよ。ピアノに卵を産んでる可能性だってある。ピアノがこいつらの巣になるってこと、知らないわけじゃないでしょう」

つがい？　よりによって、つがいだって？

奏のなかで、悍ましさが明確な憎しみへと変わっていく。共食いどころか、無事を確かめようとしていたっていうのか。

愛なんて、穢れのはじまりだ。

「とにかく、こんな公衆の面前でプリンセス・ドリルは繰り出せないでしょう。何より、ピアノが破壊される。ここは僕に任せてもらうしかないようですね」

「ふん、こんな弱ってる個体、プリンセス・ドリルじゃなくたってつまんで潰せるわよ」

睨み合う二人に、思わずじれて割って入った。

「はやくこいつらをどかしてもらえないでしょうか。ピアノの整備だって必要ですし、僕は今、弾かなくちゃいけないんです」

あいつらに復讐するには、今すぐあの曲を流さなくちゃいけないんだ。

姫黒と蜚蠊、二人が同時に奏を振り返った。二人とも、眼光が尋常ではなく鋭い。

知らずに半歩あとずさった。

「お二人とも、手押先生を驚かせるのはやめてください。先生、もしよろしければ、ロビーラウンジではなく、向こうに見えるカフェラウンジのピアノをお弾きになるのはいかがですか？　グランドピアノではないのですが調律は行き届いております」

「あのカフェにもピアノが？　客席に背を向けられますか？」

「ええ。そのほうが早くお弾きになれます」

何という僥倖だろう。復讐の神に感謝しながらカフェラウンジを見やる。

より近い場所で、誠也を完膚なきまでに叩きのめしてやる。

「ぜひ、弾かせてください」

飯倉に先導されてカフェへと向かいながら、奏はひどく久しぶりに口元を綻ばせた。

「ずいぶん熱心な方ですね」

誰かの声が追いかけてきたが、奏はもう振り返らなかった。

4
冷膳亘

鹿野森や駆除隊が去ったあと、冷膳は炭酸水を勢いよく飲み下した。

いつもなら微かな苦みや酸味まで詳細に感じ取る舌がいっさい機能せず、ただ泡のはじける刺激だけが喉もとを通り過ぎていく。

「グランシェフ、塩を変えてやり直しました。チェックお願いします」

先ほど間違いを指摘した岩倉がうかがいをたてにやってきた。

表情から先ほどのような不安が消えている。こういう時は、あまり味の心配はいらない。

スープを一口すくって形だけの味見をし、それらしい表情をつくって頷いてみせた。

「うん、いいだろう。このまま進めてくれ」

「ありがとうございます」

喜びに頬を染める岩倉のフレッシュさが眩しい。ベテランになり、失ったものがあるとすれば、上しか見る必要のない新人独特のすがすがしさだろう。

うらやましがっている場合じゃない。一刻も早く味覚を取り戻さなくては。

これまで何度か目撃した姫黒のプリンセス・ドリルが、まさかのトリガーになるとは。それほど、今日は精神が張り詰めていたということなのか。

色々と試行錯誤した結果、失った味覚を取り戻すのに最も即効性があるのは瞑想だった。娘が所属するチアリーディング部が取り入れているもので、あぐらをかき、目を閉じて、ひたすら呼吸を整える。娘が「体のパフォーマンスが上がる」と絶賛しているのを聞き、半信半疑でやってみたら、これが存外に効果的だったのである。

ホテルという場所柄、一人になれる場所などそうそうないから、冷膳は瞑想部屋を予め確保していた。

「ちょっとレシピについて静かに考えてくる。進められるな?」

スーシェフの山本が、大きく瞳を揺らした。冷膳がこう告げる時は、メニューを直前で大変更し、シェフ達を嵐のようなやり直しに巻き込むのが常だからである。

「お言葉ですがグランシェフ、今日だけは練りに練った今のままのレシピを貫かれたほうがいいかと。何か気になるところがあれば微修正は利きますから」

「わかっている。今日はレシピに不満が出たわけじゃないんだ。ちょっと気持ちを落ち着かせたくてな」

「すみません。自分なんかが差し出がましい口を」

慌てる相手の肩に軽く手を置いた。

「いつも支えてくれて感謝している。すぐに戻るよ」

山本が迷うように黙ったあと、まっすぐな視線を向けてきた。

「ぜったいに星をもぎとりましょう」

これではどちらがグランシェフかわからない。息も絶え絶えなのを悟られないように、せいぜい力強く頷いてみせるのが精一杯だった。

厨房を出てバックヤードを迷路のようにつなぐ廊下へと出る。勝手知ったる通り道を何度も曲がり、ようやくたどり着いた自分だけの瞑想ルーム、正式名称『リネン庫』の扉を開いた。

奥まった先には、リネン庫を再三利用する清掃員でさえおそらく知らない仄暗いデッドスペースがあり、ちょうど漫画喫茶の個室ほどの広さになっている。

忘れ去られ、うっすらと埃(ほこり)がたまっていたその空間を発見した時、冷膳は思わず小躍(こおど)りした。ていねいに雑巾(ぞうきん)掛けし、ヨガマットを運び込み、突っ張り棒でカーテンを垂らしてちょっとした隠れ家に仕立て上げたのは半年ほど前のことだ。リネン類がラベンダーの香りを放ち、リラックス効果までついてきたのは予想外の幸運だった。

さっとカーテンを開けて入り、ヨガマットの上にあぐらをかく。

息を吸って吐き、乱れた思考をラベンダーの香りで鎮(しず)めていく。

いいんだ。パニックになって当然だ。何しろこの大事な日にGが二匹も出た。しかも一匹は特大サイズの悍ましいやつだった。さらに、小さいほうは目の前で――。

姫黒の手の平がGを押しつぶした光景がフラッシュバックし、背筋がぶるりと震える。

恐怖に抗うな。その感情に身を委(ゆだ)ねて味わい尽くすんだ。

感情の乱れている箇所を内観し、ただその部分に意識を向けつづける。

恐怖を感じることも、味覚を失うことも悪じゃない。ただそこにある事実だ。

寄せては返す感情の波から一つ上へと抜けだし、揺れる己を見つめ続ける。

どれほど時が経(た)っただろう。

決まった時間以外はほとんど出入りがないはずの扉がギイと小さく鳴き、人の入ってくる気配がした。

5　木村　菊子

特別なイベントでも開催されるのだろうか。ホテルのエントランスロビーはドレスやタキシードなどの正装に身を包んだ人々が行き交っており、まるで撮影セットのような非日常的な光景が広がっている。

勇んで乗り込んだはいいが、煌びやかな空間の中では、奮発して購入した紺のツーピースでも通勤スタイルの枠を出ず、明らかにこの場から浮いていた。

これでもドレッシーだと思ったのに。

緊張した時の癖で、つい耳たぶをいじってしまう。それでも、引き返すつもりは毛頭ない。恋人の不貞を暴くため、菊子は辺りをキョロキョロと見回した。

「お客様」

唐突に声を掛けられ、びくりと背後を振り返る。柔和な表情を浮かべた清掃員が、手の平を差しだしてきた。

「これはもしや、お客様のものではありませんか」

みると、ピアスの片方が照明に光っている。杖のような形をしたシルバーピアスで、郁人が誕生日にくれたものだった。

「すみません、ありがとうございます」

受け取った瞬間、清掃員が妙なことを口走る。

「これは何かの触角、でしょうか」

「は？　いえ、それはないかと――」

否定する声が尻つぼみになったのは、老人の双眸がやけに鋭かったのと、確かに見えなくもなかったからである。いや、いちど触角かもしれないなどと疑ってしまえば、むしろ触角以外に見えなくなった。

気味が悪くなったが、それでも恋人からのプレゼントである。もう一度ピアスを付け直し、空いているソファ席を見つけて腰かけた。

さっそく郁人にメールを打ってみる。

『仕事はどう？　やっぱり市川さんが機嫌を損ねてるの』

『うん、今日は長引きそうで。ほんとにごめん』

『楽しみにしていたけど仕方ないね。グランド・シーズンズホテルだよね』

『今は手が離せないからまたあとで』

素っ気ない返事に傷つきながら、そっと顔を上げる。眩い照明の下を行き交う女性達はみな自分より美しく、幸せそうに見える。きっと彼女達は、異性に裏切られた惨めさなど知らずに生きてきたに違いない。

俯きかけて、何かがこの場に足りないことに気がついた。少し辺りを観察してようやく気がつく。

音楽だ。

通常、これだけハイクラスなホテルのエントランスホールには、生演奏か、もしくは録音でもクラシックの演奏などが流れているものだが、今現在、ホール全体には人々のざわめきのみが響いている。そのおかげだろうか。聞き慣れた声をすかさず捉えることができた。

「ここは僕に任せてもらうしかないようですね」

郁人？

そっと振り返ると、わずか十メートルほど向こうに設置されたグランドピアノをのぞき込むようにして、郁人がいた。その隣には、目の覚めるような美女と、やけに妖艶な清掃員らしき女性がいる。

市川硼酸次の付き人が、こんなところで何をデレデレしてるのよ。

嫉妬と疑いに凝り固まっている菊子の瞳には、すぐそばに控えているピアニストやホテルマンなど男性陣の姿は全く目に入らない。

細い指が、衝動的にスマートフォンのキーを叩いた。

『楽しい夜になるといいね』

嫌味のつもりで送ったメッセージは、いつまでも既読にならなかった。

それはそうだろう。グランドピアノを覗く美女に密着するようにして、郁人も中を覗いているのである。

視界が潤（うる）んでいく。今すぐ二人のもとへと怒鳴り込んでいきたくなるのをぐっとこらえて、動かぬ証拠を摑んでやろうとカメラを起動した。

まずは郁人と美女が密着している後ろ姿を撮影する。

こんな公衆の面前でひっついて——。

鼻息も荒くもう一枚隠し撮りしようとした瞬間に、唐突に肩を叩かれた。

びくりと振り返ると、見知らぬロマンスグレーの男性が、色素の薄い瞳でこちらを見下ろしている。スーツの襟元につけられたバッジで、ここのホテルマンであることがわかった。ネームプレートには『副支配人　穀句ローチ』と記してある。

「あなたですね？」

隠し撮りを見咎（みとが）められたのかと身構えると、意外にも相手は菊子を知っているようだった。

「え？　ええと何が」

「メールをいただいた通り、紺のツーピース。わかりやすくて助かりましたよ」

戸惑（とまど）っているあいだに、相手の顔が耳のすぐ横に降りてきた。ポマードの強い香りにむせそうになって、さっと鼻先を逸（そ）らす。

「念のため、合い言葉をお願いします」

「は？」

「合い言葉ですよ。しゅっと一吹き」

「フヒキラー？」

習慣とは恐ろしいもので、合い言葉を求められた事態の怪しさに身構えるよりも先に、勤務するフヒキラー株式会社が創業以来使用しているキャッチフレーズの後半が自然と口からこぼれ落ちてしまった。相手が満足気に微笑む。

まさか、正解だった？　というか、合い言葉ってなに。

「ご連絡を差し上げた穀句です。さ、さっそく仕事を始めてください」

「はい？」

相手は強引に菊子の腕を取ると、郁人から引き離すようにぐいぐいと引いていく。

「どこへ行くんです」

「裏ですよ。こんな表で仕事をしていただくわけにはいかないので」

「仕事って一体――」

戸惑いの声は、突如（とつじょ）鳴り響いた鋭いピアノの音にかき消された。

「またお嬢さんの気まぐれか」

忌々（いまいま）しげに呟く穀句の背中を見て引き返すなら今だと思ったが、例の危険な香りに抗えない性質がむくりと首をもたげる。

この人は、私を誰と勘違いしているの。私に、何をさせようとしているの。

察するに、どう考えても普通の仕事を依頼する態度ではない。合い言葉などという芝居がかった挨拶。それに、合い言葉が自らの勤務先のキャッチコピーだというのも気になる。

まあ、いざとなれば逃げればいいんだし。

好奇心にあらがえずに穀句の後につづき、どんどんホテルの裏を奥へと進んでいく。最初は従業員達が多く行き交い、少しでも油断すると誰かにぶつかりそうなほどだったが、人の流れはどんどん細っていき、今ではボイラーか何かのくぐもった振動音が響くのみになった。

これ、逃げられるの？

さすがに危険を感じた時、穀句が低い声で告げた。

「さ、こちらへ」

『リネン庫』と記されたドアが押し開かれ、ラベンダーのアロマが鼻を掠(かす)める。

こんなにも危険なラベンダーの香りは初めてである。ほとんど催眠(さいみん)にでもかかったようになって、穀句のあとにつづいて中へと入った。室内には、棚一面に大中小サイズのタオルが整然と保管されている。

無人の庫内に、穀句の咳払(せきばら)いと菊子自身が唾(つば)を飲み込んだ音が響いた。

「さて、詳しくは説明できないが、あなたには、このホテルの清掃員である姫黒という女性をとことん邪魔してほしいのです。皆にはあなたのことを、フヒキラーの関連会社で害虫駆除会社から派遣された駆除のプロと説明してあります」

「駆除のプロ、ですか？」

ところで何の？　と尋ねかけ、はっと口を噤んだ。確かにフヒキラーにはいくつか関連会社があり、その中に害虫駆除会社も存在している。害虫と大きく謳ってはいるが、彼らの駆除対象といえばただ一つである。

自分のためにあつらえたような任務を言い渡され、にわかに動悸が激しくなった。

状況がスムーズに動きすぎて、ドッキリを疑いたくなる。

キョロキョロと辺りを見回して隠しカメラの存在を確かめるが、剝き出しの防犯カメラが天井の角に設置されているだけだった。

「決してビッグGが殺されないよう、さりげなく姫黒の邪魔をしてください」

「ビッグG？」

「ええ、メールでもご説明した通り、特大のワモンです。他にも数匹、チャバネを目にすることもあるでしょうがね。そちらは無視して構いません。ワモンもチャバネも、決して駆除はしないでください」

菊子は怪訝な顔になるのを止められなかった。

ここはホテルである。むしろどんな手を使ってでもGを駆除すべき場所ではないのか。それに、チャバネだけではなく体の桁外れに大きなワモンが出たとなれば、宿泊客達の目に触れる確率も大きくなる。

第一、姫黒って何者？

轂句が上品な笑みを浮かべたまま冷たく告げる。

「詳しい事情は知らないほうが身のためですよ。劇団員のあなたに難しいことは言わない。体を張って視界を塞ぐとか、偶然を装ったお芝居で姫黒を妨害するだけで十分です」

なるほど、自分は劇団員と取り違えられたらしい。

「駆除依頼の件は鹿野森支配人にも話を通してあります。こちらは、館内のどこでも通行できるパスと、それらしく見える駆除セット一式です。そしてこちらがスマートフォン。こちらで姫黒の場所を連絡します。連絡が来たらすみやかに指定の場所に移動してください。とりあえず、今はロビーのグランドピアノから地下のボイラー室へと移動したようです。ただちに向かってください」

笑顔でパスを受け取り、駆除セットの入ったリュックを背負う。

轂句が、もう行けとばかりに出入り口へと視線を向けた。しかし、やみくもに館内を歩き回っても、郁人を再び見つけられるかどうかわからない。

「ところで——」

片眉を上げて応えた轂句に、一か八かで尋ねてみた。

「先ほど、歌舞伎役者の市川硼酸次さんの付き人を見かけたような気がしたのですが」

「余計な詮索もお控えください」

「で、でも、劇団員仲間から聞いたことがあるんです。硼酸次さんは公演の前にかならずこちらのスイートに泊まるって。何でも精神統一のためだとか。付き人の方は、そのご準備でいらしたんじゃないですか？」

ご立派な精神をどれだけ統一すれば気が済むのか。ことあるごとに泊まりがあるため、ここ一カ月を除いても郁人とのデートがドタキャンになったことが何度かある。

「私、硼酸次さんのファンなんです」

最後の一押しで、なぜか穀句の頬が緩んだ。

「付き人のお顔までご存知だとは、あなたも相当のファンのようですね。ええ、同好の士でしたら、特別に教えて差し上げましょう。今日は市川様がいらっしゃる日です。うちのホテルは、先々代からご贔屓なんですよ」

胸を張って頬を紅潮させる姿からは、ホテルマンとしての純粋な矜持が感じられた。そんな男がどうしてまた——いや、今は郁人の浮気現場を押さえるほうが先だ。市川硼酸次がやってくるということは、郁人はおそらくその前に浮気相手と会うつもりなのだろう。

菊子はいっそう腹に力を込めた。劇団員さながらの演技力で苦悶の表情をつくりこむ。

「困りましたね。もしも硼酸次さんの滞在中にGがスイートルームに現れる、なんてことになったら。そんなことにならないように、その姫黒さんって方が呼ばれたのでしょう」

ぴくりと穀句の肩がぶれた。

「確かに、Gがたやすく殺られるのは困るが、硼酸次さんのお目を汚してはホテルの名折れです」

「スイートルームの天井裏に入れませんか。Gがスイートルームに近づく前に、私が秘密裏に処理します」

「そんな場所から、ただの劇団員がどうするつもりなんです。どうせ、硼酸次様に会いたいだけなんでしょう」

「もちろんそれもありますが」

言いながら、穀句と五メートルほど距離を取った。バッグを開け、埋もれるはずだった試作品を取り出し、スプレー缶に取り付けられたマジックハンドの取っ手を握りしめる。

「あ」

取り澄ました表情を崩した穀句の胸元めがけてスプレー缶が飛び出した。間をおかずに噴射ボタンを押すと勢いよく霧状の液体が拡散される。

「ゴホッ、何を！」

「私が開発したリモートフヒキラーです。殺虫効果ももちろんありますが、人体には無害ですのでご安心を。これをスイートルームの周辺にスプレーしてきます」

「なぜそんなものを持っているんですかっ。ゴホッ」

「手作りしました。演じる役になりきるのが劇団員ですから」

というよりも、菊子自身が役そのものの人間だっただけだが。

「さあ、スイートルームの天井裏に通じる通路を教えてください」

「――いいでしょう」

スイートルームまでの裏ルートを聞き出したあと、さすがに懸念を感じ始めているらしい縠句をその場に捨ておき、菊子はリネン庫を後にした。

絶対に浮気の証拠を摑んでやる。

口元には、Gも避けて通りそうな冷たい笑みが浮かんでいる。

しかし、縠句も菊子も、気づいていなかった。拳を震わせた男が、リネン庫の奥深く、縠句のさらに背後に控えていたことを。

「副支配人め、絶対に許さない」

断固とした呟きを聞いていたのは、真っ白なタオル達だけだった。

第三章　愛憎は翅をひろげ

1　市川硼酸次

市川硼酸次は不機嫌を隠そうともせず、スマートフォンに向け朗々と声を発した。

「今日が大事な日だってわかってるだろう。三十分も部屋で待たせるなんて、一体どんな了見なんだい」

そもそも自分も遅刻したのであるが、他人の遅刻は許せない。

『すみません、少しGの件でトラブってしまって。すぐに戻ります』

「それはさっきも聞いたよ。何でもいいから早く上がって来なさい」

通話口の向こうで、蜚蠊が渋々といった口調で承諾する。歌舞伎界の重鎮である硼酸次にこんな不遜な態度を取る人間など、蜚蠊くらいのものである。それでも硼酸次が強く叱れないのは、彼が公演の成功の鍵を握るビッグGの世話係だからだ。

「まったく、私の時間を何だと思ってるんだ」

ぶつぶつと言いながら、鏡の前に座る。どうらんで酷使してきた肌にはたるみが目立ち、毛穴がそちこちでクレーターと化している。

それでも一旦白塗りにし、目尻に隈取りを重ねれば、驚くほど壮健な登場人物が現れ出でる。不世出の男形、稀代の歌舞伎役者。硼酸次が舞台に上がれば、仕込みではない大向こうの声がそちこちで上がり、涙を流して喜ぶファンも一人や二人ではない。一度など、流し目をされたと気絶したばあさんもいた。

それでも――。どうらんを落とせば、ただのじじいだ。

手が震え、動悸がし、立ち上がる時に気をつけなければ目眩に襲われる。これらに加え、舞台の初公演を控えた前日の夜は、儀式を終えて精神的な安寧を得るまで、さらなる身体的な発作に苦しむのだ。

「こんなじじいの舞台なんて誰が見たいっていうんだい。ああ、もう引退したい」

毎度繰り返される泣き言に答えてくれていた糟糠の妻は、度重なる浮気に愛想を尽かして五年前に出ていったきり。今は婦人向け雑誌の取材記事で、時おり姿を見かけるくらいだ。

「あなたの中には、ずっとあの女がいるんでしょう?」

スーツケースを引いて去る妻は、二度と振り返らなかった。

思えば発作が始まったのは、妻が出ていったのとほぼ時を同じくしていたか。

その直後、日仏友好一六〇周年記念のパリ公演に挑んだのだが、花道にお目見えした瞬間から足が震え始めた。ジャポニスムに心酔するフランスでの舞台は、歌舞伎役者にとって決してアウェイではない。にもかかわらず、最後までやりおおせる気がしなかった。

公演の直後には、フランスを訪問されていた天皇陛下のエッフェル塔点灯式が控え、成功の延長線上には国民栄誉賞が待っているとも政府関係のご贔屓筋から囁かれた。激励の言葉だったのだろうが、硼酸次の心身にはただプレッシャーという鞭が打たれただけだ。

もう何もかも終わりだ。

舞台上でパニックに陥っていたその時、硼酸次の瞳に奇妙な黒点が映った。

黒点は、家老役として花道を一歩、二歩、と進む自分を先導するように蠢いている。

なんだ、あれは。

長い触角、甲冑に似た黒光りする体表。ただ存在するだけでこちらに不快感を催させるそれは、親指ほどの大きさにもなるGの成虫だった。

あとからわかったことだが、北フランスでは見ない大きさだったというから、おそらく自分達の荷物に紛れて渡仏したのだろう。

パニックは別のパニックに置き換わり、かといってどうすることもできず、仕方なく悍ましい影の後を追う形で舞台へと向かった。追い越すわけにも踏み潰すわけにも行かず、冷や汗をにじませながら舞台へと登場したのだが、修羅場から始まる題目だったため、あとはGのことを気に掛ける間もなく立ち回りをしなくてはならなかった。

　ほとんどやけくそになりながら大見得を切り、斬られた時には思い切りどうと舞台に倒れた。気がついた時にはすべてが終わり、硼酸次はスポットライトの下、鳴り止まない拍手に包まれていた。

　ブラボー！　ブラボー！

　熱に浮かされたような高揚感の中、観客席のあちこちで上がる賞賛の声に見送られながら花道を歩いていく。

　そこでまた見たのである。Gを。

　ああ、倒れた時に潰さなくてよかった。あれはただのGじゃない。俺の守り神だったのだ。

　気がつくとそんなことを思っていた。

　Gは、硼酸次が花道を去りきるまで先を歩みつづけ、舞台は——大成功のうちに幕を閉じることとなった。

　歌舞伎界を背負う父のもとに生まれ落ちた瞬間から、絶え間ない重責の中で生きてきた。硼酸次に芽生えたG信仰を、誰が責められるだろう。

　付き人が差し出した水をぐいっと飲み干す。手が震えるせいでグラスから水がこぼれ、ぴしゃりとテーブルを打った。動悸も激しさを増している。

「あいつはまだなのかい」

息の切れ始めた硼酸次を前に、付き人はうろたえるばかりである。

「もう一度連絡を入れてみます」

「まったく、今度こそクビにしてやろうか」

硼酸次の忌々しげな声が広いスイートに虚しく響く。

どうやってか蜚蠊は、Gを懐かせ、自在に虫かごに出し入れしてみせる。餌付けといってしまえばそれまでなのだが、Gは蜚蠊の呼びかけに明らかに応え、時に手の平に止まってみせたりもする。

そんな特殊技術を持ち、硼酸次の儀式に嬉々として付き合ってくれる人物など、おそらく蜚蠊を逃したら二度と見つけられないだろう。

「水をもう一杯おくれ」

差し出したグラスは、先ほどよりもさらに激しくぶれていた。

2　手押奏

二層吹き抜けの空間に幅広の窓ガラスが連なるカフェラウンジで、ホテル客たちは気取った表情を崩し、ある者は眉を顰め、ある者は口をぽかんと開いて若いピアニストを見つめている。その中に誠也とその恋人が含まれているのを、奏は確かに感じていた。

背中に第三の目が開眼したかのように、ラウンジの様子がわかる。突き刺さる大勢の視線の中のどれが誠也のものなのか、明確に意識できた。

当たりさわりのないイージーリスニングの演奏を求められていることは百も承知でいながら、演奏を再開した一曲目に、会話の邪魔になること必至の激しい曲を選んだ。ベートーヴェン作交響曲第五番、通称『運命』である。

あまりにも有名なフレーズではじまるこの大作は、暗から明へと至る四楽章からなり、奏にとってこれ以上ないと言える復讐のテーマソングなのである。なぜなら、奏は知っているのだ。元恋人が、おそらく今隣にいるあの女にもひた隠しにしている黒歴史を持つことを。

「素晴らしい演奏だけれど、これじゃお話できないわね」

「ちょっとそこの君、ボリュームを抑えてくれないか。寛(くつろ)げないじゃないか」

優れた聴覚は、不満の声を大小もらさず捉えたが、すべて無視して演奏をつづける。

音大のとあるクラスで顔を合わせた時、実は、奏はすでに誠也のことを見知っていた。正確に言うと、まだ小学生だった頃の誠也を知っていた。

あの時のヴァイオリンの子だ。

しかし、自分が過去の誠也を知っていると告げることは躊躇(ためら)われた。自分が誠也なら潰れていてもおかしくない悲劇の舞台に居合わせていたのだから。

従姉が出場するからと出かけたジュニア・ヴァイオリン・コンクール。その大会に、誠也も参加していた。従姉や誠也が通っていたのは、中等部から音楽科を備えており、プロの演奏家を目指す子供達が多く通うことで有名な音大付属校だった。

課題曲できらめくような演奏を見せたあとの自由曲で、誠也は、今まさしく奏が演奏している『運命』を選んだ。ヴァイオリンの勝負曲としては、少々珍しい。

耳目が集まるなか、力みが勝ったのか、誠也はソソソミーのあの有名すぎるフレーズを盛大に失敗したのである。

「あの子、あんなに威張り散らしてたのに、やっちゃったねえ。しばらくいじられるよ」

従姉の容赦ない予言は、その後現実のものになった。誠也のあだ名はウェーブのかかった髪型もあいまってベートーヴェンからとったヴェンとなり、クラスのヒエラルキーの最上位層から最下層へと転落したという。プライドの高い誠也には耐えられなかったのか、程なくして転校したらしく、それからどのコンクールでも名前を聞かなくなった。

「俺はヴァイオリン科の井川誠也。君は？」

小学校時代と変わらず整った顔立ちをこちらへとまっすぐに向け、手を差し出してくる。

あのとき、明るい日差しに溢れた部屋で、薔薇の香りを嗅いだ。誠也の背中からは羽が生え、小学生の時と変わらないやや茶色がかった巻髪のうしろに後光さえ見えた。

あれほど辛い体験を乗り越え、ずっとヴァイオリンを弾き続けていたなんて。この人は、音楽だ。音楽そのものだ。

同時に奏は絶望した。また、叶うはずのない恋に落ちてしまったのかと。

欲望を心の底に沈めようと躍起になっていた奏の心を、しかし誠也はどうやってか正確に見抜いたようだった。

「君と僕が、今朝ここで二人きりなのは運命だったんだと思わないか」

すぐ間近に迫った蠱惑的な瞳を拒むすべなど、奏にはなかった。思えばあの朝から、奏は誠也に溺れ、やがて沈んで、そのまま見捨てられた。

狂おしいほど激しく響く主旋律は、堕天使に捧げるレクイエムだ。

僕は知っている。君が本当には、あの時の失敗を乗り越えていないことを。『運命』だけではなく、『春』だろうが『田園』だろうが駄目なんだろう。コンテストの課題曲でベートーヴェンの曲が提示された時は、片っ端から避けていた負け犬なんだ。

君は、俺のことも、君のところまで引きずり下ろしたかっただけ。

最初は眉を顰めるだけだったラウンジの客達が、暗い熱を鍵盤に叩きつける若いピアニストの熱演に、次第に会話を止め、耳を傾け始めていた。誠也もその一人である。

「ねえ、あの人、さっきロビーで弾いてたのと同じ人よね？　でも何だか、演奏が桁違いによくなってない？」

「そうかな」

馬鹿女に応える誠也の瞳からは、いつも漂っている傲慢さが抜け落ち、おろおろと視線を揺らすばかりだろう。もう、ピアニストの正体に気がついているはずだ。いや、もしかしたらロビーで背中を向けていた時から、存在を認識していたのかもしれない。その上で、嘲(あざけ)るように新しいパートナーを伴って通り過ぎていったのだ。

今度は、僕が君を引きずり下ろす番だ。

胸の中に吹きだまっていた想いが、全身を駆け巡って奏の指先へと集結し、音に昇華されていく。

背中に、君の視線を感じるよ。どうだ、君はあの少年の頃から変わっていないんだ。暗い音の牢獄(ろうごく)に閉じ込められたまま。

暗から明へ。復讐を遂(と)げる奏の魂が、歓喜の演奏をつづけようとしたその時、よく通る声がすぐ耳元でした。

「これ以上そんな演奏をしたら、もう二度とまともなピアノは弾けなくなるわよ」

滑(なめ)らかに動いていた指が、思わぬ干渉(かんしょう)で急停止する。

もはや聴衆と化していた人々も、魔法が解けたように会話へと戻っていった。

「あなたさっきの――。邪魔しないでくださいよ」

「邪魔？　むしろ応援してるのだけれど。とにかく、さっきのような演奏をするくらいなら、今までの機械みたいなつまらない演奏をしていたほうがまだマシね」

何も言い返すことができずに、清掃員と見つめ合った。

「姫黒さん、何やってるんですか。急いでください。また目撃情報があったんです」

「蜚蠊の坊やはもう行ったの」

「ええ、雇用主に呼ばれて」

満足気に頷いて、清掃員の女が去っていく。奏の指先は、熱を放つ場所を求めて、ただ宙に浮いていた。

3　鹿野森（かのもり）優花（ゆか）

ひっきりなしにスマートフォンが鳴動している。

つい先ほどは、副支配人の穀句から連絡があった。

――今日は少々、Gが多いようですね。僭越（せんえつ）ながら私も駆除業者を雇わせていただきました。

G駆除は、先代から引き継いだ総支配人の重要な裏仕事である。今回、穀句が上手（うま）くやりおおせたら、一気に優花の実力不足を追及してくるかもしれない。

「もしもし、鹿野森です」

『総支配人、クリスタル・ブラウン様がもうすぐご到着の予定です』

「そうだったわね。今向かう」

こめかみを揉（も）みながら、ため息をつく。

この騒動ですっかり頭から抜け落ちていたが、今日はミッドサマードリームナイトの最終日である。夕刻になると照明が夜のそれに切り替わり、ホテル自慢の中庭では、蛍の放生イベントが行われる。同時にミッドサマードリームナイトの目玉とも言えるプロジェクションマッピングを使用した幻想的な音と光のショーが繰り広げられ、シェイクスピアの思い描いた真夏の夜の夢もかくやという美しい光景が都心のど真ん中に出現するのだ。

この催しがはじまった先週以来、ガーデンには連日、盛装の人々が集ってシェフの冷膳が練りに練ったコースに舌鼓を打ってきた。

最終日はさらに、仮設ステージで歌姫のライブショーを行うのが恒例になっているのだが、今年は例年と趣を異にしている。若手のみで構成された企画チームと優花が最終候補から選んだのは、現在、日本のみならず欧米にも活躍の場を広げる若手の男性ヴォーカリスト、クリスタル・ブラウンなのである。

歌やホテルとのマッチングではなく、端整なマスクのみで選んだのだろうと、陰では散々穀句が吹聴していたらしいが、もちろん彼を起用した理由は顔ではない。ややハスキーな、それでいて天にも届きそうな伸びやかな歌声が、この企画にぴたりとはまったからである。

プロジェクションマッピングにしても初めての試みで、かつてないほどの幻想的な空間をこのホテル内に創出しており、これまでに取り上げてくれたメディアは大小含めるとすでに百媒体を超えている。それに伴って、宿泊予約も飛躍的に伸びた。

どうせ結果を伴わない、お嬢ちゃんのお遊びに終わるだろうと高をくくっていた穀句が、メディアの掲載効果を目の当たりにした時の顔は傑作だった。

しかし、ミッドサマードリームナイトはまだ終わっていない。この最終日は、ホテルにとって運命の一夜でもあるが、優花個人にとってはホテルを真に継承できるのかどうか、会長である祖父からの審判が下る一夜でもあるのだ。

もしこの新しい試みが失敗すれば優花は経営手腕を問われ、総支配人の座は容赦なく超保守派の従兄の手へと渡ることになるだろう。

おじいさま、どこかで見てらっしゃるんでしょう?

心の中で問いかけたが、支配人室から見下ろすガーデンも、そこでさんざめく人々も、美しい黄金色に染まるばかり。

この大切な一夜に降って湧いたようなG騒動である。従兄の乗った御輿を担ぐ穀句一派が、何らかの形でかかわっている可能性は高いが、確証はない。

よりによって私ではなく、ホテルを直接汚そうとするなんて。

胸の中に渦巻く怨嗟をぐっと押し込め、総支配人室を出てVIP用エントランスへと向かう。

とっておきの笑顔でディーヴァを出迎えるため、度重なるトラブルに強ばっていた顔の筋肉をどうにかほぐしながら歩いた。

「総支配人、急いでください」

エントランスに控えていた霧吹が、大きく手招きした。小走りにアプローチへとたどり着くと、折しもシルバーのベントレーが滑り込んでくるところである。颯爽と停車した車体の扉が開き、長身の男がさっと降り立った。

「ご無沙汰しています」

スターらしい煌びやかな笑顔は優花にも愛想良く振りまかれたが、霧吹へやや長めに向けられている。もっとも霧吹は、優花に対するのと同様に、野良犬のような警戒心を鼻先に浮かべているのだが、それがまたクリスタルの悪戯心をくすぐるらしかった。

「本日はよろしくお願いいたします」

助手席のほうから降り立った女性マネージャーが優花へと丁寧に頭を下げる。

「こちらこそ、何卒よろしくお願いいたします。さ、こちらへ。ご所望のミネラルウォーターと加湿器、それに、筋トレマシンは控え室にスタンバイしてあります。ほかにご要望があれば何なりとお申し付けください」

控え室へと向かう道すがら、マネージャーと優花の会話に、クリスタル・ブラウンが割り込んできた。優花に向ける瞳を爛々と輝かせている。

「それだったら、是非お願いしたいことがあるんです」

「クリスタル。無理だと言ったでしょう」

「でも、言うだけならタダだろう」

一体何を言われるのかと優花が身構えると、クリスタル・ブラウンは、勝負顔らしいとっておきの笑みを浮かべた。

「実は数曲、ピアノの伴奏だけで歌いたいと思ってるんです」

「ピアノ、ですか？」

「ええ。真夏の夜の夢は愛に関する物語でしょう？　やはり盛大に演奏するよりは、声だけを響かせるシンプルな演奏のほうが映(は)える気がするんです」

「クリスタルさんがそうおっしゃるなら間違いないと思いますが、ピアニストを今から用意するのが――」

それに、今日はあまりにもトラブルがつづいている。予定外のコースを進むには危険すぎるように思えた。

「ほら、言ったでしょう、クリスタル。今から変更なんて無理よ。決めたことにベストをつくして」

あとはこちらに任せろというマネージャーからの無言のサインに感謝の眼差(まなざ)しで応える。まだごねているクリスタルを控え室まで送り届けたのち、霧吹と二人でその場を辞した。

「総支配人、ピアニスト、何とかなるんじゃないですか？　たとえば、さっきの手押さんとか」

「彼はイージーリスニングにはぴったりの演奏家だけど、あのクリスタルと組んだら演奏負けするでしょうね」

「そうでしょうか」

何事にも斜に構えがちな霧吹が、珍しく惜しむような顔をした。

「彼の演奏、そんなに気に入ってるの」

「あの人のピアノ、いつも冷たい響きじゃないですか。でも、さっき通りがかりに聴いた『運命』だけは血肉が通ってた感じがして」

それは血肉というよりも、あの曲が元々持っている熱ではないだろうか。たとえ機械が演奏しても、『運命』ならばドラマチックに響くだろう。

肩を竦めた優花の視線の先を、見慣れない女が横切っていった。

この通路は、ＶＩＰかホテル関係者しか存在しないはずである。しかし今、視界を過ぎ去った女はそのどちらにも当てはまらない。

「あんな人、今夜の関係者にいたかしら？」

「いいえ」

「私が後をつけてみる。あなたは姫黒さんのサポートに戻って」

「わかりました」

霧吹は、優花にあっさりと頷いた。

さっさと姫黒のもとへと去っていく霧吹を見送ったあと、周囲を警戒しながら進む女を追って、優花は廊下の角を曲がった。

4

市川(いちかわ) 硼酸次(ほうさんじ)

スイートルームのインタフォンが鳴った瞬間、硼酸次はソファから飛び跳ね、自らドアを開けに出た。手の震えは先ほどよりもさらに激しくなり、取っ手を握るのも苦労する。

「遅いじゃないかっ」

声を荒らげると、蜚蠊がいつも以上に青ざめた表情で突っ立っていた。

「すみません、師匠。トラブルの収集がつかなくて」

「まさか、ビッグGに何かあったんじゃないだろうね」

「いえ、ビッグGは元気です。ほら、師匠が来る前に部屋に置いておきましたから」

広い部屋の隅には、確かに段ボール箱がおかれている。彼が言うなら中の飼育カゴに入っているビッグGも息災なのだろう。むしろ問題なのは、硼酸次のほうである。

「とっとと始めてくれ。何だ、いつも以上に顔が冴(さ)えないね。一体、そのトラブルとやらはどんなものだったんだ」

「いえ、わざわざ師匠のお耳を汚すようなことじゃ」

「だまらっしゃい。そんな青っちろい顔で儀式をやって、万が一、事をし損じたらどうするんだ。いいから私に言ってみなさい」

一瞬、他人のトラブルに気を向けたせいか、自らの震えは治まっている。元来、面倒見のいい性格なのである。その性質が数多の女性にも向けられるから、色恋沙汰のトラブルも絶えないのだが。

「さあ、ソファに腰掛けなさい。一体、何が起きたの」

蜚蠊は、瞳を左右に揺らして突っ立っている。もう一人の付き人に茶を淹れさせ、どうにか自らの隣に座らせると、相手の口が緩むのを辛抱強く待った。

「実はこんな一流ホテルに、出たらしいんですよ」

「私が怖がりなことを知ってて、わざとそんな冗談を言ったのかい」

憤慨して立ち上がりかけた硼酸次を、蜚蠊が慌てて引き留める。

「そっちじゃありませんよ、出たっていうのはGなんです。それで、どうにか捕まえられないかって鹿野森総支配人から引き留められてしまって」

「何だって?」

場末の木賃宿ならいざ知らず、ここは一流ホテルである。しかも今夜がいかにホテルにとって大切な日であるかは、今日を儀式の日に指定した時に鹿野森からさんざん渋られたから、硼酸次もよく承知していた。

「それは気の毒にねえ。あのお嬢さん、さぞお困りだったろう」

「はい。凄腕のGハンターとかいう怪しい人物まで呼び寄せて、相当焦っているようでした。それで実は、そのハンターに一匹殺されるのを見てしまいまして」

それきり言葉に詰まった蜚蠊の瞳は、再び揺れていた。蜚蠊のGに対する異様な執着（しゅうちゃく）は、師匠である自分が一番よく知っている。目の前で愛する存在が虐殺（ぎゃくさつ）されたら、それは精神に応えるであろう。蜚蠊も、元々は役者を志していた身である。そして役者とは、ややもすると神経質な存在なのである。

視界がにじみ、気がつけば怒りを忘れて蜚蠊の手を握りしめていた。

「そう気落ちするんじゃないよ。そりゃあ、そのGにはかわいそうなことをしたけれど、おまえにはビッグGがいるじゃないか」

「師匠」

こちらを見上げる蜚蠊の瞳はまだ不安定だったが、先ほどよりは定まったようだった。

付き人が遠慮がちに声を掛けてくる。

「師匠、そろそろ儀式に移られたほうが。この後、クリスタル・ブラウン様のディナーショーが控えていますし」

「できるかい、蜚蠊」

蜚蠊がこくりと頷いて立ち上がり、件（くだん）の段ボール箱へと近づいていく。顔色も幾分戻ってきたようだ。

どうにかやってくれるようだね。

自分も決して簡単な人間ではないと自覚している硼酸次だが、蜚蠊も相当なものである。付き合っている相手がいるらしいが、一体どんな女性なのだろう。自宅アパートに数十種類のGを約百匹も飼っているという蜚蠊のすべてを受け入れてくれているのなら、その人物を逃せば次の出会いは百年後だとよく伝えている。

「それでは、準備させていただきます。師匠もお支度を」

「わかった」

鏡の前に座り、明日から始まる演目『暫』で自らが演じる悪役、清原武衡の化粧を施していく。言わずと知れた歌舞伎の大役で、主人公である権五郎の「し〜ば〜ら〜く〜」の掛け声はあまりにも有名である。

権五郎の果敢な大立ち回りを、悪役である硼酸次がどれほどの存在感をもって受け止められるのか。熟しきれぬまま衰えようとしている己が、あの難役を背負えるのか。座長は別にいるが、芸歴でいえば最年長の自分が、実質的な公演の柱となる。

顔面を白く塗り替え、鼻筋は入念におしろいを重ねてふてぶてしさを出す。まぶたから目尻に沿って大胆に隈取りを施していくうちに、堂に入った悪役の姿が鏡の向こうに現れてきた。人によって、また役柄によって墨の入れ方は様々な工夫が凝らされるが、今回は悪役中の悪役である。思い切ってつり上げるように入れる。

元来、坊ちゃん育ちの優男である。そんな自分が、ほんの僅か神経に障ったくらいで部下を皆殺しにせよと命じる悪役を演じきれるのか。もう数え切れないほど演じた役なのに、未だに不安に襲われる。失敗は許されない、絶対に。

「紫綬褒章――」

つぶやきが漏れ、はっと後方に控えている付き人の顔を鏡ごしに窺う。

相手は心得ているのか、それとも本当に聞こえなかったのか表情を崩さずに立っていた。

あくまで贔屓筋の政治家から〝噂〟として聞いただけだが、今年の紫綬褒章の候補者に硼酸次の名前が挙がっているのだという。今回の舞台で醜態を演じでもすれば、その栄誉の道も立ち消えてしまうだろう。

なに、栄誉などとは無縁でも一芸人として舞台で倒れるまで演じていられれば満足だ。

そう嘯くのは上っ面だけで、本当は喉から、何なら尻からも手が出るほど欲しい。出自がすべての歌舞伎の世界で、上流の出として何の苦労もなく育ったと陰口をたたかれてきた。しかし彼らは知らない。記憶のある三歳の頃から、芸をたたき込まれ、幼児らしい遊びも、友人達との自由な時間も奪われて育つ苦しさを。

あんなクソ芸でも生まれがいいだけで座長を張れるなどと同い年の役者が笑っているのを聞いた時には、奥歯がミシリと音を立てるほど口惜しかった。

何より心を抉られたのは、どの陰口も共通して芸の未熟さをついてくるという事実である。

そんな陰口をたたくほうこそ芸のわからぬ奴だ、と言い返せるほどの実力があれば――。

しかし、硼酸次がどれほど舞台を踏んでも、芸の芯（しん）を摑んだと感じたことはなく、ただ心身の不調だけが積み重なっていく。

だけど、そんな私を、Ｇは救ってくれる。

ただ本能に従い、我が道をいくその姿。照明のもとでキラリと光る体表。

Ｇについていけば間違いない。Ｇのあとを追えば、必ずや成功が待っている。

目尻に最後のひと刷毛（はけ）をのせたあと、付き人の手を借りて、武衡の衣装へと着替える。自分が稀代の暴君へと変身していく。興奮がいや増すのと同時に、失敗への不安も急激に高まってきた。

付き人が蜚蠊とうなずき合い、そっとＣＤプレイヤーのスイッチを押す。

ややあって、スピーカーから賑やかな鳴物の音が流れ始めた。

「さあ、はじめようか」

5　木村（きむら）　菊子（きくこ）

心持ち、姿勢を低くしながら菊子は行く。

穀句から教えてもらったＶＩＰ専用の通路は人けがなく、毛足の長い絨毯（じゅうたん）はふかふかとして足音の一つも立たない。

視線を感じた気がして後ろを振り返ったが、無人の廊下がつづいているばかりだった。

「この扉ね」

――四つ目の角を右に曲がってしばらく行くと、左手に『スタッフ専用』と書かれた扉があります。そこを開けてすぐの階段を上れば天井裏に入れるはずだ。これはＶＩＰに何かあった時のための非常救出経路です。くれぐれも他言は無用ですよ。それと、姫黒マリに動きがあれば、すぐに合流してもらいますから。

姫黒某など知ったことではない。次に郁人が現れるとすれば、硼酸次のいるスイートだと女の勘が告げていた。雇用主である市川硼酸次が現れる前に、先ほどの美女とスイートにしけこむつもりなのではないか。あるいはどこか別の部屋でも使用するつもりか。

いや、付き人という職業柄や、普段の暮らしぶりを見て感じていたことだが、郁人の給料はおそらく菊子の四分の一にも満たないはずだ。こんな高級ホテルの部屋を予約すれば、一ヶ月の生活をかなり切り詰める必要がある。

だからといって、師匠のスイートを利用して浮気するなんて。

単なる疑いは、検証されることもなくほぼ既成事実としてインプットされ、浮気に悩む哀れな女の物語は、脳内で際限なく展開していく。

携帯しているリモートフヒキラーで菊子が狙うのは、もはやＧではなく郁人だった。

殺句に言われた通りに階段を上りきり、天井を四つん這いになって進んでいく。さっき飛び込んだショップで、迷ったあげくにスカートではなくパンツスタイルを選んだのは、今思えば天啓だったに違いない。

「この辺りかしら」

独り(ひと)ごちると、指示された通りに板の留め金を外し、慎重に左へとスライドさせた。

ちょうどバスルームの真上に当たる場所らしく、ぽっかりと空いた天井裏の向こうには、白い大理石張りの床が眩しい浴室が広がっていた。広いバスタブの横に、洗面台が二つ並んでいる。

しかしここに郁人の姿は見当たらない。板を元通りに戻し、少し移動してぼそぼそと話し声の聞こえる真上へと狙いを定めた。

まずは耳をそっと押し当ててみる。

「いい子だ。こっちへおいで。ふふ、今日もきれいだよ」

それは、幾度となく枕元で聞いた、甘い、甘い声だった。いや、正確に言えば、菊子が聞いた囁きは、ここまで甘やかではなかった。

さんざん妄想(もうそう)してきたくせに、いざ板一枚隔(へだ)てた向こうから現実のものとして迫ってくると、こめかみから血の気が引いていく。

ショックだった。

あんなに真面目(まじめ)そうに見えたのに。私だけだよと囁いてくれたのに。

暴走しそうになる心をどうにか制して天井板をスライドさせる。灯りの漏れ出す僅かな隙間(すきま)から、息を殺して階下をのぞき見た。

「そうだ、いい子だよ。さあ、大好物をあげよう。ほら、これが欲しかったんだろう」

落ち着け、落ち着け、落ち着け、私。

数え切れないほど両腕を回した恋人の背中が見える。相手を下に押し倒したのか、かがみ込むようにして、利き手を這わせているのがわかった。

「ふふ、くすぐったいの」

視界をふさいで立ち去ってしまいたいのを必死にこらえ、眼前で展開する悪夢を凝視した。そっとバッグに手をやり、中からリモートフヒキラーを取りだす。

「さあ、そろそろ準備はいいね」

郁人の声に、いよいよ怒りが燃え広がった。リモートフヒキラーのボタンに手をかけ、ガンマンさながらに裏切った恋人の背に狙いを定めた——次の瞬間だった。

何、あれ？

郁人が覆い被さっているもの、郁人が愛を囁いている対象、黒光りするその姿態に、頭の中が真っ白になる。

精神を守るためなのか、暫く菊子の視界は、白鳥が湖を泳ぐ画像で塞がれた。

相手は、女性ではなかった。それどころか、人の形さえしていなかった。

それは、その相手は——。

抗い難い本能が、狙いを定めていた標準を、郁人の背中から手の平へと移す。

どんな相手でも、郁人が本気で愛している人ならば、まだ諦めがついたろう。しかし、その相手だけはダメだ。断じて許せない。

マジックハンドのハンドルを全力で握りしめると、フヒキラーのスプレー缶が天井下へと落下した。相手に夢中で何も気づかない郁人の少し脇へ落下しきったところで、迷わず噴射ボタンを押す。

シュ――ッ。猛禽類の羽音に似た鋭い噴射音が響き、次の瞬間、郁人が絶叫した。

「う、うわわああああああああっ。敦子、敦子おおおおおお、しっかりしろ！　どうしたんだ、敦子おおおおおお」

彼の手の平では、ひっくり返った巨大Gが、ピクピクと足を蠢かせている。

悪夢の中、菊子は呆然としたままマジックハンド付きフヒキラーを手元へと回収し、バッグに収めた。

「何事じゃ、何事じゃああああああああ」

大仰な着物に歌舞伎の〝顔〟を施した人物が、舞台さながらの大股で部屋に飛び込んでくる。

その異様な光景を目の当たりにしても、菊子の脳内はたった一つの事実を持て余し、まともに思考することができずにいた。

郁人の浮気相手が、Gだった？

いつの間にか、菊子の代わりに誰かが天井板をスライドさせ、元に戻していたらしい。階下から漏れ出ていた灯りは消えており、周囲は再び暗闇に包まれている。

「え？」

振り返ろうとした寸前、首に衝撃が走り、辺りよりも一段濃い闇へと意識が落ちた。

6
冷膳(れいぜん)亘(わたる)

グランシェフ冷膳は見た。そして聞いた。

何としてでも味覚を取り戻すため、瞑想部屋にあぐらをかき、湧き上がる思考の波をいなすうちにどうにか心が鎮まってきた時のことだった。

ドアが開き、凪(な)ぎはじめていた心がにわかに波打った。何事かと音のほうへと意識を向けると、入ってきたのは二人らしい。一人はおそらく副支配人の穀句、そしてもう一人は若い女のようだった。

静まりかえった空間である。彼らの会話は、聞きたくなくても、自らも参加しているかのようにクリアに響いた。結果的に冷膳は、計らずも知ることになったのである。

Gがなぜ、この大切な夜に自分の城である厨房に二匹も湧いたのか。その主犯が誰であるかを。

許せなかった。厨房はいわば冷膳の聖域である。その聖域を、おそらくは下らない派閥(はばつ)争いのために汚されたのだ。

穀句と見知らぬ女が部屋から出たあと、冷膳もそろりとリネン庫の外へ抜け出した。

ホテルの厨房は、一分一秒も無駄にできない戦場である。

グランシェフが帰還すると、スーシェフの山本を始め、やり直しを命じたコック達が次々に駆け寄ってきた。一縷の望みを込めて味見をしてみたが、やはり味覚は戻っていない。相手の自信なげな顔つきで味を判断し、ダメ出しをした。

「これじゃまだ出せない。スーシェフ、状況に変化は」

「はい。例の方はラウンジでお茶を飲まれているそうです。ディナータイムにはこちらに移動されるかと」

まだ幾分の時はある。先ほどビッグGが出現した戸棚へと山本を連れていき、辺りに聞こえぬよう、リネン庫で見聞きした事実を告げた。

すべてを聞き終える頃、いつもは穏やかなスーシェフ山本の瞳に、凶暴な影が差していた。

7 手押奏

なぜ自分はこんなところで、見知らぬ女性と肩を並べているのだろう。ホテル自慢の庭園の隅、人目に付きにくい奥まったベンチに腰掛け、奏は暮れなずむ空を眺めた。

空の藍と橙の交わる場所を指して「僕と君の音のようだね。交わらないのに調和している」とのたまった男の顔が、まだ未練がましく脳裏に甦ってしまう。

「なぜあんな演奏を？　あれは音楽への冒瀆よ」

ペットボトルのお茶を飲み干すと、姫黒がこちらをみないまま尋ねてきた。

「音楽が僕を愛さないのに、なぜ僕が音楽を愛さなくちゃいけないんです」

「はっ。愛は与えないと永遠に増えないものよ。近頃の音大は、そんなこともわからない学生ばかりなの」

言葉は辛辣なのに、姫黒の声には包み込むような深みがある。

「――客室の掃除をサボっていて大丈夫なんですか」

「サボってないわよ。ただ、待っているだけ。ゴミが現れるのをね」

「風に飛ばされてくる綿ゴミでも片付けるつもりですか？　やっぱりただのサボりじゃないか」

生ぬるい風がからかうように奏の頬を撫でて通り過ぎる。好奇心から奏が姫黒の横顔を盗み見ると、庭園を眺める様子が、風の感触を楽しんでいる野生の豹のようだった。

いったい何者なんだ、この人は。

「今夜、ここでクリスタル・ブラウンのライブがあるのは知ってる？」

「ああ、ディナーショーがあるとかないとか」

「ご大層にドラマーやギタリストも来るみたいだけれど、彼の声にはピアノがいいわね」

含みのある視線を投げかけられ、知らずに口を尖らせる。

「まあ、僕には関係ないですね」

姫黒が口角をほんの少しつり上げ、さっと立ち上がった。

「そろそろゴミが出始めたようだから、私は行くわ」

悠々と去っていく相手の背中を見送ったあと、奏も立ち上がった。もうすぐ最後の演奏がはじまる時間だ。

さすがに誠也は、あのカフェから立ち去ったあとだろう。怨嗟に満ちた演奏を終えたあとは、身の内に、ただ虚しさだけが取り残されている。

これからはまた演奏マシンと化し、当たりさわりのない、誰の記憶にも残らない音を鳴らしつづける。

息苦しさを感じて襟元のボタンを一つ外した時、向こうから寄り添って歩いてくる二人がちらりと目に入った。このベンチの存在には気がついていないようだ。

二人が近づいてくるにつれ、胸焼けするような甘ったるい声が筒抜けで響いてくる。

「向こうのステージでディナーショーをするんでしょう」

「ああ。クリスタル・ブラウンのファンだったろう」

「好みを覚えていてくれてありがとう」

「少し妬けるけどね」

「あら、知らないの？　クリスタル・ブラウンの相手は男の人よ」

訪れた沈黙の間に二人が何をしているのか、知りたくもないのに伝わってきてしまう。

先ほどの復讐などなんの意味もなかったのか。自分の魂を汚してまで届けた音は、あいつにかすり傷ほども負わせることはできなかったのか。

「どう、少しは落ち着いたの」

「ああ。下手な演奏を聴くと、じんましんが出るんだよ。さっきのピアニストは最悪だったな。耳が汚れた」

「誠也君をこんな目に遭わせるなんて、ほんとにあり得ない。いくらバイトっていっても、一流のホテルなら一流の演奏家を雇わないとね」

胸底からふつふつと湧き上がる感情は、怒りではなく恐怖だった。自分が何をしでかすかわからない恐怖。

先ほどのピアニストの正体を正確に把握した上で、誠也はこの発言をしているのだ。今の恋人の前で自分を繕うためだけに、奏を冒瀆したのだ。

奏の中で復讐の第二楽章が鳴り響きはじめていた。

第四章　ホイホイ・ファイルの人々

1　殺句（こっく）　ローチ

あの方の行く手を阻（はば）む者は、悪である。たとえそれが、大恩ある会長の孫だとしても。

刺客（しかく）は放った。あとはディナーショーを待って、艶漆が計画を実行するだけだ。

総支配人を失脚させるのと同時に、愛するこのホテルも打撃を喰（く）らうだろうが、それも一時のこと。世間は忘れやすいものだ。財界ともパイプの太いあの方が経営に返り咲きさえすれば、信頼などすぐに回復するだろう。

副支配人室の窓からディナーショーの支度が進む庭園を見下ろす。暗闇が空を支配する中、その闇に紛れて、あの悍ましい生物が客席を汚すだろう。

クリスタル・ブラウン？　若者に媚（こ）びた人選をした結果、これまで毎年訪れていたしかるべきクラスの客層がこぞって離れる予定だったのに、どう根回ししたのか、実際にはここ数年離れていたお客様達まで戻ってきてしまった。さらに彼らの子供達、孫達までやってくるとは。

だが、成功の美酒を味わうのは私だ。その味がわかるのも、断じてあんな小娘ではない。

視界の端に引っかかったものに目を向けると、姫黒がピアノ弾きの学生アルバイトと暢気(のんき)に肩を並べて座っていた。

姫黒は一体、あの席で何をやっているんだ。一見、何気なく座っているだけだが、きっと目的があるはずだ。

先ほど現れたアルバイトに連絡を入れる。せっかく高性能のスマートフォンを渡してあるというのに、先ほどから応答がなかった。仕方がなく、元々やりとりしていたメールに連絡を入れてみたが、こちらもいっこうに返信がない。

「くそ、まだスイートルームにかかずらっているのか」

毒づいて通話を切ったのと同時に、部屋のドアがノックされた。

「入りなさい。ドアなら開いている」

やや不機嫌な声で応じると、意外な人物が入り込んできた。ホテルの看板フレンチ、オ・ミリウのシェフ達である。

「冷膳さんと山本さんじゃありませんか。こんな時間に一体どうしたんです」

さては、小娘の人使いの荒さに、ついに反旗を翻(ひるがえ)す気にでもなったのだろうか。

もはや職業病ともいえる微笑みを浮かべてソファへと促(うなが)したが、二人はドアの前から動こうとしなかった。

「シェフ？」

ドアのロック音が無機質に響く。対峙する二人の顔に笑みは浮かんでおらず、代わりに、身に覚えのない敵意が、穀句へと向けられていた。

ひりつく沈黙の中で冷膳の手元に視線を落とすと、まっ白いロープがだらりと垂れており、一歩、また一歩と二人同時に迫ってくる。

「どうしたんです。いったい何をするつもりです」

「よくも俺達の聖域を汚したな」

「何のことで――」

布を噛まされ、終わりまで言うことが叶わなかった。

まさか、今日の計画に二人が勘づいたというのか？　しかしなぜこいつらが？

鶏(にわとり)を自分で絞めることもあるという冷膳の腕は、硬い岩のようにごつごつと盛り上がっている。

もがく間も、山本が穀句を後ろ手に縛(しば)り上げていった。

「んー！　んー！」

なんて野蛮な！　ただで済むと思うなよ！

にらみつけた穀句を、冷膳が底冷えのする静かな瞳で見下ろし、無理矢理に立たせた。縄を引かれ、小突かれながら、副支配人室のデスクの下へと押し込められる。

どうするつもりだ。今すぐ縄をほどけっ。

「地獄へ堕ちろ」

必死の抗議に対する返事は、あまりにも短い。

やがて扉の閉まる音がした。

置いていかれたのか。

あばれようにも少しの遊びもなく縛り付けられた身では、ろくに身動きがとれない。

視界にはただ已の膝頭が二つ並んでいるばかりになった。

2　鹿野森　優花

「疲れた。今夜に限って次から次へと――」

呟いた優花の前で、女が放心している。

「郁人が、Gを、Gを」

独り言にしては大きすぎる声だが、返事を求めているわけでもないらしい。さっきから鳴り響いているスマートフォンの着信音とちょうどリズムがシンクロし、さながら新興宗教の念仏のように響く。

今日は一体何だって、皆がGに煩わされているのだろう。再三の着信は無視して、優花は女と向き合った。

「もしもし、もしもーし」

目の前で手を振ってみせると、幼子のように小首をかしげられた。謎の女を総支配人室まで運んできたはよかったが、もしかしてこの女も、ホイホイに入れるべきなのか。

ホテルという場所柄、お客様の巻き起こすエピソードには事欠かない。同じ世界に存在していながら、その瞳がまったく違う現実を捉えている相手のことを、優花は密かにホイホイと呼んでいた。彼らを要注意人物としてリストアップし、ホイホイと名づけたファイルに管理しているのである。ネーミングの由来はもちろんGホイホイ。実は市川硼酸次や蜚蠊郁人も、ホイホイだった。

いったん目の前の相手をホイホイだと判じてしまえば、天井裏で発していた異様な雰囲気も、マジックハンド付きの殺虫剤などけったいなアイテムを持ち歩いていたことにも説明がつく。

女のぼんやりとした瞳が、徐々にこちらへと焦点を合わせたのがわかった。

「あなたは郁人の浮気相手？　でも、郁人はGと――ってことはあなたがGなの」

「私はGじゃありません。それとも比喩で使ってる？　だとしても、あなたにG呼ばわりされる筋合いはないわね」

冷たく言い放った優花を、女はまだ疑わしげに見つめている。どういう思考回路をたどれば、れっきとした人間がGだという見解に至るのだろう。

念のため、ドアの外にガードマンを控えさせてはいるが、この女と二人きりで部屋にいる危うさに、嫌な汗をかき始めた。コミュニケーションなどもはや成立しないかもしれないが、それでも尋ねてみる。

「あなた、なぜうちのホテルの天井裏にいたの。もしかして、市川硼酸次さんのストーカーなの」

「は？　どうして私が市川硼酸次のストーカーってことになるわけ。あなた、頭がおかしいの」

がっくりと膝をつきたくなるのを必死にこらえ、次の質問に移る。

「それじゃ、あの天井裏で何をしていたの」

「それは——話したくありません」

「質問を変えるわ。これは、何に使ったの」

おもむろに優花が取り出してみせたのは、マジックハンド付きのスプレー缶だ。〝次世代フヒキラー〟と手書きされたラベルが貼ってある。ホイホイにありがちなふてぶてしさを醸していた相手の顔に、初めて動揺が走った。

「それは、まだ試作品だから人に見せられるようなものじゃ本来はなくて。でもこれまでの何倍も殺虫のハードルを下げてくれるはずだし」

「殺虫？　これは殺虫剤なの？　それじゃ、あなたまさか、あの部屋のGを狙っていたの」

「いいえ、そうじゃなかった。最初はあの人を——でも気がついたら衝動を抑えられなくて」

まったく話が通じない。マジックハンド付きのフヒキラーなどという馬鹿げたアイテムをしげしげと眺めるうちに、混乱がいや増していく。

ぶつぶつと呟く相手を気味悪く眺めていると、唐突に、先ほど女から取り上げたスマートフォンに着信があった。画面に表示された発信元は『コックローチ』である。

「もしかして――あなた、まさか副支配人とつながってるの」

「副支配人？　ああ、あのおじさん？　Ｇがどうのとか、何とかっていう人の邪魔をしろとか言ってたけど」

「もしかしてその人物って、姫黒マリさんって人？」

「さあ、姫だったか何だったか、忘れた」

だめだ、話にならない。ただ、彼女が殺句の送り込んだ刺客だったというのは確からしい。しかし、それにしては自分の任務もきちんと把握していないようだし、ピントがずれすぎている。

一体、どういうことなの。

優花が状況を整理しきれずにいると、女が逆に質問を投げかけてきた。

「そんなことより、あなたよ。そっちこそ、郁人の浮気相手じゃなかったら何なの」

「浮気相手？　第一、郁人って誰なの」

答えた次の瞬間、女が激高した。

「とぼけないで！　ロビーラウンジのピアノの前で郁人といちゃついてたでしょうっ」

「もしかして、蜚蠊さんのこと？　Ｇの世話役の」

「Ｇの世話役？」

息を切らしてこちらを睨めつけていた女の瞳が、大きく波打った。

「ええ、だって彼は――」

言いかけて黙る。相手の狙いがわからない以上、例の儀式にかかわる情報をこれ以上漏らすわけにはいかなかった。

それにしてもなぜ、殺句とつながる彼女が、蜚蠊と優花の浮気を疑っているのだろう。浮気というからには、この女は、蜚蠊の交際相手なのだろうか。

混乱する優花に、相手は憎悪の眼差しを向けてくる。

「私が本命の彼女なの。あなたはあくまで浮気相手。わかった？」

あまりにも突拍子のない言葉だが、優花はその美貌ゆえに、学生時代からこの手の唐突で理不尽な言いがかりを嫌というほどぶつけられてきた。正直に真実を告げても、驕っているだの性格ブスだのとまた因縁をつけられる。疲れ果てた優花は、十年ほど前から、とっておきの嘘をつくことに決めていた。

今回も、同じ嘘八百をホイホイ相手に繰り返す。

「いい？　公には言えないけど、私の彼氏は、あの国民的アイドルだった福村雅也なの。自慢に聞こえたら申し訳ないけれど、私は、表には出られなくても陰で相手を支え続ける一般人の彼女、いわばプロ彼女という存在ね。だから、あなたの彼氏には興味なんて毛ほどもないから」

「はあ？」

女の目が、これまで優花が女に対して向けていたような、哀れみ混じりのものに変わった。狙い通りの反応だが、ほんの少し不本意である。

「疑うのは尤もだけれど、プロ彼女がまったくの一般人だなんて、あなたも信じてないでしょう？　大抵、元アイドル志望とか、モデルとか、セレブ一家とか、アイドルと接点があって、しかも容姿端麗な女じゃなくちゃ。その点、私はモデルもしていたし？　家がホテルの創業一族な関係で芸能人とパーティで会う機会もあったし」

自分の容姿を誇るつもりもないが、十人並みだと謙遜する気もない。実家にしろ、容姿にしろ、使えるものはなんでも使う主義である。大抵の人間がこんな大言壮語を吐けば一笑に付されて終わりだろうが、幸い、優花の容姿と出自は、自らの言葉に大いに説得力を持たせてくれる。

「あなた、女の友達、いなかったでしょう」

「あなたに言われるのは心外ね」

視線を絡ませ合いながら、女がどうやら納得してくれたことに内心でほっと息をついた。

「とにかく、私が知りたいのはあなたと副支配人の関係なの。彼は一体、何をあなたに依頼したの。あなたは何者なの」

「人に尋ねる前に、まず自分が白状しなさいよ。郁人がGの世話係だっていうのは、一体何の話なの」

じっと女の瞳をのぞき込むうち、瞳の焦点が先ほどより合ってきていることに気がついた。案外と正気に近い人間なのかもしれない。あくまで近いだけだろうが。

いずれにしても、こちらもある程度さらけ出さなければ、この女からこれ以上の情報を得られる見込みは薄そうだった。

「あなたの彼氏が、うちのホテルのスイートルームの常連である市川硼酸次さんの付き人だってことは知ってるのよね」

「ええ。あの我儘じじいのせいで、いつもデートがキャンセルになっているもの」

怨み混じりの声を無視してつづける。

「市川師匠はね、とある事情からGを必要とされているの。そして蜚蠊さんは、Gを飼育するスペシャリストなのよ」

話しながら、優花はうっすらと、目の前の女と蜚蠊との間に横たわる事情に気づきはじめていた。Gを飼っているという事実が、男女交際において極めて不利な条件になり得ることは想像に難くない。

あの男、恋人にゴキブリのことを打ち明けていなかったのね。

「それじゃ、本当に郁人はGの世話を日常的にしているの？　あんな、あんなに嫌らしい感じで？」

「嫌らしいかどうかはわからないけれど、小耳に挟んだところだと、自宅で百匹ほど飼育しているとか、いないとか」

女の瞳が再び焦点を失い、濁っていく。

「その様子じゃ、知らなかったみたいね」

意図せず、声に同情がにじんだ。

ショックを受け止めきれなかったのか、女の肩がカタカタと震えだしている。やがて、くぐもった笑い声が支配人室に響き渡った。

「大丈夫？」

「そんなわけないでしょっ。彼氏がGを飼ってたのよ？　しかも、ご丁寧に女の名前をつけて、体を撫で回しながら話しかけてたのよ？　犬や猫ならまだしも、なぜよりによってGなのよ」

女が初めてまともなことを口にしている。それはそうだ。なぜよりによってGなのだろう。嘆きたくなる気持ちは痛いほどわかるが、慰めてやるほどお人好しではない。

「さあ、私はこちらのカードを出したわよ。そろそろあなたも教えてちょうだい。あなた、副支配人とどういう関係なの」

「私は郁人が浮気してるんじゃないかと思ってホテルに来ただけ。そしたらその穀句とかいうおじさんに話しかけられて。あの人、私のことを自分が雇った人間だって勘違いしているみたいだった。その勘違いを利用して、ホテル中を自由に動き回れるパスをもらったの。そのパスを使って郁人を追いかけたら、あの天井裏に行き着いたってわけ」

「それじゃ、あなたと副支配人は、まったくの無関係ってことなの」

「そういうこと。それよりあなた、私を警察に突き出すつもり？　万が一逮捕でもされたら、私、会社をクビになるよね」

急に現実的な心配をし出した女の声に、優花は素っ気なく頷いてみせた。

「そういうことになるでしょうね。不法侵入、あるいは身元を偽った詐称も考えられる」

「そう」

女は女で、会社にそう未練もないのか、それとも捨て鉢になっているのか、短く答えただけで黙りこんでしまった。

静けさが好奇心を刺激し、抗いきれずに尋ねてみる。

「会社をクビになるって、あなた、どんな会社にお勤めなの」

女があごをしゃくってみせる。

「あなたが取り上げたバッグの中に、社員証が入ってる」

「いいの？」

女が気怠げに頷いたのを確認したあと、バッグを探ってみる。ＩＤカードらしきものを引っ張り出して確認したところ、果たして勤務先のものだった。会社名を確認し、思わず「え」と声を発する。

「そうよ、私はフヒキラー株式会社第二研究室所属の木村菊子。研究内容は次世代フヒキラー、つまり、ゴキブリを殺る方法を日々探す仕事よ」

頭の中で、先ほどピアニストが激しく奏でていたベートーヴェンの『運命』が勢いよく響いた。

それはつまり、G愛好者と殺虫剤の研究者が恋人同士になったってこと?

二人の思わぬ関係に気を取られたその時、大人しかった菊子が立ち上がり、全力で優花のほうへ突進してきた。

「あっ」

よける暇もなく、体当たりを食らう。

尻餅(しりもち)をついて再び起き上がった時、ガードマンをも振り切ってドアの外へと駆けだしていく菊子の後ろ足が見えた。

呆然と見送る優花のポケットから、着信音が響いた。

3　冷膳(れいぜん)　亘(わたる)

厨房へと急ぎ足で戻る冷膳に、山本がシェフらしい繊細さで呟いた。

「まさか殺句副支配人のやつ、逃げ出したりしないですよね。足首の紐(ひも)、もう一巻きくらいしてきましょうか」

「猿ぐつわもしたし、手もきつく縛ったし大丈夫だろう？　本当は鼻もふさいでやりたいくらいだったけどな」

今すぐにでも総支配人に引き渡して真相を晒してやりたいところだが、いくら電話しても応答しない。ただ、穀句が持っていたスマートフォンも奪ってきたから、これ以上は卑劣なGテロが進行することはないはずだ。自分は自分の戦場で、星を手に入れるまでである。

問題は味覚が未だ戻らないことなのだが、もう瞑想など悠長にしている暇はない。任せられるところはスーシェフに任せ、嗅覚、聴覚、蓄積された経験を総動員して補完するしかなかった。

あのベートーヴェンだって、聞こえないまま演奏したじゃないか。

「さあ、スーシェフ、いくぞ」

腹に力を込めて厨房の扉を押し開けたものの、普段なら押し寄せてくる香りが気のせいか弱かった。これも、味覚を失っている影響だろうか。

「済まないが、全体の進行をもう一度確認しておいてくれ」

「グランシェフは何を？」

「俺はホールへ出て、お相手の顔を拝んでくる。体調を見定めてから、少し味の調整をしたいからな。ソムリエにでも化けて探りを入れてくるさ」

苦し紛れの逃げ口上に、納得したようなそうでもないような微妙な表情のまま、山本が厨房の奥へと消えていった。

控え室でギャルソンの制服へと着替え、ホールに出た。『オ・ミリウ』専属ソムリエである溝口が、急いで近づいてくる。

「冷膳さん？」

溝口が驚いたのはほんの一瞬のこと。持ち前の勘の良さで冷膳がホールに出たわけを察したらしい。すぐに引き締まった表情へと戻った。

「いよいよですね」

「ああ。そろそろテーブルに着く頃だよな」

高い吹き抜けの天井、客席をぐるりと囲む壁一面のガラスの向こうは、ホテル自慢の庭園が広がっている。しかも今夜はミッドサマードリームナイトの目玉企画、クリスタル・ブラウンのライブが行われ、ガーデン席を予約した客は贅沢に生ライブを楽しみながら、料理に舌鼓を打つことができる。

しかし冷膳には、自らの作品をライブの添え物にするつもりなど毛頭なかった。

俺の味で音楽を凌駕してみせる。いや、そのくらいでなければ、星は獲れない。

悲壮な想いを胸に佇んでいると、ホール責任者がしきりに目配せをしてきた。入り口に目を遣って合点する。

あらかじめ聞かされていた通りの風貌をしたミシュランの調査員が、そこにいた。

溝口が、やや強ばった声で呟く。

「確かに、ウニアレルギーらしい容貌です」

「そんなの見ただけでわかるのか」

「人を見る目だけで食ってますから」

答える声が、ほんのわずか震えを帯びていた。

無理もない。相手はワインと料理の相性にも相当うるさいという触れ込みで、ソムリエの腕で星が一つ増えるとも減るとも言われているのである。

「大丈夫だ。おまえの実力は俺がよく知ってる」

ホール責任者が調査員を席まで案内するのをさりげなく目で追い、やや驚いた。調査員ならば当然、ライブの音が介入するテラス席ではなく室内で食事をするかと思っていたのに、テラス席、それも最もステージがよく見える特等席を予約していたらしいのである。

オーダーを受けたホール責任者が、ベテランらしく平静な態度でこちらへと向かってきた。

「溝口さん、T5席のお客様がワインをご注文です。冷膳さんもお近くで様子をごらんになりますか?」

頷くと、「隣のテーブル、配列を乱しておきました。直してきてください」とそつなく付け足した。

感謝の眼差しを向け、溝口とは少し時間をずらして件の客の隣の席へと近づく。

わかっていたことだが、テラス席に出た途端、真夏の湿度が襲いかかってきた。大型のファンを回しているとはいえ、少し歩くだけで小汗が滲み出てくる。

アペリティフにはもう少し塩味と酸味を追加したほうが良さそうだな。

実際に味を確かめられなくとも、いつものレシピにどの種類のどの塩をどれほど追加すればいいか、これまでの研鑽が教えてくれるはずだ。

よく響く調査員の声が、耳に飛び込んできた。

「君のおすすめは78年のソーヴィニヨンなの」

「ええ、この年は当たり年ですが、とくにこのワイナリーのカベルネソーヴィニヨンはもっと評価されていいと個人的には思っています。最初の口当たりは草原を渡る風のような爽やかさですが、後味はさながら宝剣のひと突きのような見事な酸味が喉を刺激してくれます。それに、このワインが国際ワインコンクールの金賞を取り損ねた理由を知ったら、きっと興味をそそられることと思いますよ」

さすがの話術である。案の定、調査員も「ほう」と声を上げたあとに、溝口の話のつづきに聞き入り、結局、薦められた通りのワインを注文した。しかし、つづく言葉が魔剣のごとく冷膳の心臓をひと突きにした。

「ここのシェフは、あの『シェ・キャファール』で経歴を積んだ冷膳さんだよね。今日は楽しみにしてきたんだよ」

なぜ、俺が隠し通した過去のことを知っているんだ？

シェ・キャファールは、冷膳が初めて味覚障害の発作を起こし、不名誉な失敗をしでかして退職したパリを代表するフレンチレストランだ。

雇い主のジーマが言いふらしたのだろうか。しかし、彼は温情溢れる人間で、解雇する時も心底惜しみながら「十分に休養すればよくなる。そしたら戻っておいで」とまで言ってくれた。もしかして、冷膳の厚遇を妬んだ同僚の誰かが言いふらしたのかもしれない。

滝のような汗が冷膳のこめかみをしたたり落ちる。

大丈夫だ。大丈夫に決まっている。というよりも、大丈夫でなければ許されない。俺には妻も子供もいるんだ。妻はミシュランを獲ったシェフの妻になりたいと願っていた。万が一、星を逃してクビにでもなってみろ。味覚だけじゃなくて、妻の笑顔まで失うことになるぞ。

顔を上げ、深呼吸を試みる。

しかし鼻から大きく息を吸った刹那、冷膳は手にしていたカトラリーを取り落とした。

嘘だろう?

「失礼いたしました」

隣に控えていたスタッフが、色を失っている冷膳の代わりに手早くカトラリーを回収している。

それでも、冷膳は動けなかった。それどころではなかった。

もう一度大きく息を吸ってみる。もう一度。さらにもう一度。

しかし、どれほど深く空気を取り込んでも、何も感じられない。

先ほどまでむせるようだった真夏の庭の香りが、きれいさっぱり消え去っている。

嗅覚まで消えた、だと？

ポケットの中でスマートフォンが鳴動する。テラス席を離れ、庭の隅に移動して確認してみると、副支配人から奪ってきた機種がしきりに着信を知らせていた。

「もしもし」

『あ、あの、コックローチ様ですか』

今の自分と同じくらい思い詰めた声が耳に飛び込んでくる。

一瞬、いたずら電話かと思ったが、これは穀句の持ち物だったことを思い出し、短く返事をした。

「そうだ」

『私、今日そちらにバイトにうかがうことになっていたものです。少し前のバイトが長引いて遅刻してしまって。そしたら口座にもう五十万円が振り込まれていて。大遅刻ですし今から返しに伺いたいのですが』

「五十万円？」

自分よりも混乱しているらしい若い女の声を聞いているうちに、以前、小耳に挟んだ、とある噂のことを思い出した。副支配人が、客へのコールガールの斡旋を裏で取りしきり、甘い汁を吸っていたというのである。

あの時はとても信じられず、こそこそと話していた若いコック達を一喝したが、まさか、事実だったのか。

今も猿ぐつわを銜え、自らのデスクの下に押し込められている男の顔を思い浮かべる。

あいつこそが、このホテルのGだ。

ならば本物のG同様、二度と立ち上がれないように制裁を加えるべきである。

味覚に加え、嗅覚まで失ってしまった焦燥と怒りが、ついに出口を見つけて暴走を始めた。

俺の聖域を汚してくれたお礼に、とっておきの意趣返しを贈ってやるよ。

「金は返さなくていい。その代わり、今からでもホテルの副支配人室に来てやってほしいことがある。持ちものは——」

普段は極上の一皿へと昇華されるシェフの自在な閃きと繊細な創意工夫が、今、害虫を陥れるためだけに総動員されていた。

4 霧吹 太治

震えるスマートフォンの発信元は、鹿野森総支配人だった。うんざりしながらも応答する。

「もしもし、霧吹です」

『今どこにいるの?』

「一階の搬送用エレベーターの前ですけど」

『姫黒さんもいっしょ?』

「いえ、それがいくら電話してもつながらなくて」

『それじゃ、そっちは後回しにして、今すぐ硼酸次先生のスイートに向かって。フヒキラーを持ったおかしな女が向かってる可能性があるの。何としてでも乱入を阻止して。私も急ぐけど、そっちからのほうが早いから』

頭の中は疑問符だらけだったが、鹿野森はさっさと電話を切ってしまった。頭を掻きながら二つの道を見比べる。

回れ右してVIP用通路に出るか、このエレベーターから最上階に出るか。

ちょうどエレベーターが到着した。

このまま裏から向かおう。

エレベーターに乗りこんで最上階を押す。中には既に人が乗り込んでいたが、サングラスをかけ、顔を覆うほど大きなマスクをしている。格好からして従業員や配達関係の人間には思えず、不審に思って声を掛けた。

「もしかして、間違えて従業員用のエレベーターにお乗りですか? それでしたら、このままフロントへとご案内いたしますが」

相手は何も答えない。ただ、穴が空くほどこちらを見つめているのが、サングラスごしでもわかった。

「あの」

「もしかして、霧吹君？」

相手が、サングラスをゆっくりと外す。おどおどと揺れる大きな瞳に、確かに見覚えがあった。

「泡村さん？」

大学で同じクラスの泡村友梨香だった。確かテニスサークルの新歓コンパでもいっしょになったことがある。

——ちょっと顔を出してみたんだけど、あんまり馴染めなくて。

他の女子達と違って派手ではない服装で微笑んだ彼女に一瞬気を許しかけたが、相手が東京の臍、港区生まれで三代続く山手育ちのお嬢様だと知って心の扉をすべて閉じた。カジュアルに見えたトレーナーのロゴマークも、あとから調べてみれば太治のバイト代一ヶ月分を費やしても買えないブランドものだった。

「これ、従業員用のエレベーターだよ。フロントまで送る」

「あ、違うの。今日はお客じゃなくて、ちょっとしたバイトで来たの」

「このホテルで？　いったい何の」

「詳しくはこれから聞くんだけど。ちょっとした演劇のバイト、みたいな？」

そういえば彼女は結局、テニスサークルではなく演劇サークルに所属したことを思い出す。

「じゃあ、ミッドサマードリームナイト関係かな」

クリスタル・ブラウンが歌う前に、真夏の夜の夢の一部が上演されるという余興があったはずだ。

「そう、なのかな」

相手は目元に戸惑いを浮かべたまま、小首を傾げている。やや不審には思ったが、かまっている暇はなかった。ボタンを見ると、三階が押されている。

「もう着くみたいだけど」

「あ、うん。霧吹君は、このホテルでバイトしてるの」

「そんなところ。俺は田舎出身の貧乏学生だからさ」

卑屈な声が狭い箱の中に響く。友梨香の表情を盗み見ると、どこか緊張がにじんでいた。

「あの、霧吹君って忙しいよね」

「うん。なんで」

「――いいの。それじゃ、また大学で」

友梨香は微かに口角を上げ、逃げるようにエレベーターを出ていった。閉じかけた扉が、心細げな友梨香の後ろ姿を徐々に覆い隠していく。

「なんなんだ」

気にはなったが、後を追うほどの時間はない。

スイートルームのある最上階へと向かう間、あの夜の友梨香の初々しい困り顔が何度も甦ってくる。

放っておけ。所詮、東京育ちのお嬢さんだ。周りに頼れる人間もいるだろう。

自分には任された使命がある。

折しも、エレベーターが目的階へと到着した。徐々に扉が開いていき、その先に広がっていた光景が、太治の迷いを吹き飛ばす。

市川硼酸次が滞在するスイートルームの扉の前に、鹿野森から伝え聞いた通りの女が立ってわめき散らしていたのである。

本来なら警備員を呼ぶべき案件だが、あの部屋の向こうで行われている儀式を考えるとわずかに躊躇された。

だからって、あんな女を俺がどうにかできるんだろうか。

相手は狐憑きさながらの様相で、戸板を叩きまくっている。おまけに部屋の中からは男達のくぐもった悲鳴まで聞こえてきた。

「これだから東京は――」

うんざりとしながら、太治は目を血走らせた女のほうへと歩み寄っていった。

5　泡村(あわむら) 友梨香(ゆりか)

やはり、無理矢理にでも霧吹に付き合ってもらえば良かっただろうか。

泡村友梨香は、〝副支配人室〟とプレートの掲げられた扉の前で逡巡していた。

半年ほど前、演劇サークルの先輩からエキストラのバイトをしないかと誘われた。何でもホテル全体を舞台にした演劇だという。

「へえ、面白そうですね」

「でしょう？　しかも一日拘束(こうそく)で五十万だよ。超いいバイトじゃない？」

「五十万って、それ、まともな額じゃないですよね。一体、何のエキストラなんですか」

「さあ。よくわかんないけど、Ｇハンターの役だって」

「Ｇハンター？」

「うん。殺虫剤を振り回したりとかするのかな。とにかく、裸とかじゃないって言ってた」

あっけらかんと謎のエキストラについて語った先輩に押し切られる形で引き受けたが、肝心(かんじん)の先輩が今日になって、インフルエンザで行けないときた。

「一人で向かってくれないかな」

呻くように頼んできた先輩に再び押し切られたのはいいが、Ｇハンターという漠然(ばくぜん)とした依頼も、あり得ない高額の報酬も怖くなり、ドタキャンしようかと迷っているうちに、前金として五十万円ものまとまったお金が振り込まれてしまったのである。

いよいよ恐ろしくなって、わざわざ現金にしてホテルまで返しにきたまではよかったが、肝心の依頼主はいくら電話をかけても応答しない。ようやくつながったかと思えば、耳を疑うような詳細を聞かされ、やはり断り切れずに頷いてしまった。

どうしてこんなに押しに弱いんだろう。

三代どころか六代つづく江戸っ子の家に生まれた。親類縁者はみな絵に描いたような下町気質。ご近所付き合いも盛んで、葬式があれば今どき近所総出で手伝いに出る密な関係を築いている。そんな中、内気で何事にも時間のかかる友梨香は完全にみそっ子扱いで、いとこ同士の集まりはもちろん、江戸っ子ひしめく近所の小中高校でも、教室の隅で本を読んで息を潜めていた。

そんな友梨香が変わりたいと思ったきっかけが、高校の文化祭で、クラス代表として無理に参加させられた英語劇だった。全クラスの代表が参加して行われる「奇跡の人」で与えられた役柄は、ヘレン・ケラーを導くサリバン先生役。自分とは正反対の不屈の精神と伸びやかな明るさを持つ彼女を演じた時、頭の中で唐突に湧いた考えにぼうっと痺れたのを覚えている。

演じればいいんだ。SNSの中にいるようなキラキラした女の子達を。

受験勉強に励んで大学に入学したあと、友梨香はSNSの中の自分になった。

バッグも洋服も、ネットオークションで意地になって落札し、怪しい偽ブランド品にも手を出した。その結果、自分のようなとろい女にも両手で抱えきれないほどのサークル勧誘チラシが差し出され、片っ端から参加していった。

霧吹と初めて話したのは、いかにも軽薄そうなテニスサークルの歓迎会だったことを覚えている。その夜もブランドもので武装し、気負って参加したはいいものの、浮ついた雰囲気にすぐに疲れてしまった。同じクラスの霧吹太治に気がついたのは、隅のほうで休んでいるときである。

自分と同じくらい気後れし、周囲から浮いていた霧吹と話してみれば、相手は東北なまりの抜けない内気な青年だった。

都会育ちの幼い見栄が、いや、東京出身なのに東京に馴染めないコンプレックスが、自分でも呆れるような嘘を口からひり出した。

「私、港区生まれ、港区育ちなの」

本当は今も実家に住み、べらんめえ口調の父や弟、ちゃきちゃきの母親に囲まれて日々を送っているくせに――。

しかし人間、無理はつづかないものである。華やかなサークルには結局最後まで馴染めず、アングラ系の演劇サークルに所属することになった。演技の練習やノルマのチケット代を稼ぐためのアルバイトで忙しくなり、霧吹とは久しく言葉を交わしていなかった。

彼、ホテルでバイトしてたんだ。

制服に身を包んだ霧吹は、いつの間にか訛りも消え、友梨香よりよほど東京を謳歌しているようだった。色白の肌がホテルの制服によく映え、優雅にさえ見えた。

エレベーターを振り返ったが、もちろん扉はとっくに閉まっている。

結局、変わってないのは私だけか。

いい加減に覚悟を決め、絨毯敷きの廊下を進んでいく。

先ほど電話で指示された通り、断りも入れずに扉のノブを下げてみると、告げられていた通り鍵(かぎ)はかかっておらず、すんなりと開いた。

「むぐむぐう」

重厚な木製のデスクの裏側から、くぐもったうめき声が響く。

やっぱり本当なんだ。

気味の悪さで、ぞわりと両腕が粟立つ。

逃げてしまおうか。しかし、このキャラクターで、この難しいバイトをやりきったら、役者として皮の一枚も剝ける気がした。それだけでなく、自分が生まれてこの方悩まされてきた江戸っ子の呪縛(じゅばく)から解き放たれる予感さえする。

依頼主の低い声が、耳の奥で甦った。

『私は予(あらかじ)めしばられてデスクの後ろに隠れているから、好きにいたぶって蔑(さげす)んでほしい。私が泣いて許しを請(こ)うたら内線1番を押してくれ。信頼できる人間が迎えにくる。君は電話を切ったらすぐに部屋を出てくれればいい』

「ＳＭ嬢なんてできません。衣装も、鞭もないですし」

『どんな格好でもいい。とにかく私を思いきりこき下ろせ。たとえば、そう――Ｇとでも思って』

先ほど電話で告げられた依頼は信じがたいものだったが、振り込まれた五十万円の意味がようやく腑に落ちた。女子大生に嘲られるという状態に対し、相手はそれだけの価値を見いだしているのだろう。

私は、Ｓっ気の強い女子大生。表では良い子ぶっているが、陰ではおっさんをいたぶって憂さを晴らしている。

シナリオはないが、即興の芝居だと思えばやってやれないことはない、のだろうか。

来る途中、急いで購入したヒールとミニスカートにはき替えたあと、持参したキャンバスノートを小脇に抱え、百均で購入した黒縁の伊達眼鏡を装着する。鞭代わりにしたのは、同じく百均にあった細めのベルトである。

「むぐぐ」

デスクの後ろへとおそるおそる回り込んでみる。果たして、予め聞いた通りの格好で、中年の男が床に転がっていた。目を閉じて大きく息を吸って吐き、「私はＳＭ嬢」と自己暗示をかける。

そっと目を開くと、怯みそうになる自分は、もうどこにもいなかった。

冷笑とともにさげすみの視線を浴びせると、相手の頬が喜びにひきつる。その卑屈な笑顔を目の当たりにした途端、自分でも意外なほど、するすると台詞が飛び出してきた。

「そんな格好で何を期待して待ってたの」

これが、役が降りてくるって状態なのかな。

先輩から散々聞かされてきた憧れの境地である。ぞくぞくとしながら、ヒールの先を相手の痩せた腰の辺りに突き立てた。

「むぐう」

感極まったのか、目の端に涙をためた男はしかし、S女と化した友梨香ではなく、デスクの裏側を凝視している。

「こっちを見なさい」

あごをつまんでぐっと持ちあげたが、相手はなおも瞳を横に動かし必死に何かを訴えてきた。

「一体何なの」

相手の視線をたどった次の瞬間、友梨香は演技を忘れて「ひっ」と悲鳴を上げた。

デスクの裏側、ちょうど左足が収まるすぐ脇の面を、黒い物体がゆっくりと這い、長い触角を左右に動かしている。

ダメ。今演じている女はきっと、こんな虫ごときで声をあげたりしない。集中するのよ。

きっと男を見下げた。

「ふん、Gが一匹、増えただけじゃないの」

ヒールの先にやや力を入れるのと同時に、本物のGが床へと移動し、男の膝頭のすぐそばへとやってきた。

「むぐ、むぐぐぐぐ」

「このホテルのGはこっちじゃない、あんたよ」

男がこちらを見上げる。喜びよりも怒りがこもっているように見えるのは気のせいだろうか。それともM男とはいえ、貶(おとし)められたら怒りを表現してみせるのがお約束なのだろうか。業界の機微(きび)がわからず戸惑っているところへ、扉がノックされた。

「副支配人？」

再びノック音が響き、「むぐ、むぐううう」と男が応える。

なるほど、これもプレイの一種なのね。

「そんなにこの恥ずかしい姿を見られたいの」

パンッと頬を軽く張ってから、男をデスクの裏から苦労して引きずり出す。背の高いらしい相手は想像以上に重く、明日は筋肉痛に悩まされそうだった。

男をデスクの脇に転がし、再び腰をヒールで踏んづけてから、扉の向こうの相手に声を掛ける。

「入って」

一瞬の沈黙の後、扉が開いた。

「副支配——人？」

一見してあまり柄の良くなさそうな男だった。ホテルの関係者には見えず、どちらかというと街をうろつくチンピラに近い印象を受ける。

「もしかして、勤務中に女の子呼んだんですか」

「むぐむぐぐぐ」

下卑(げび)た笑いを浮かべる男に副支配人が何かを訴えるが、これまでと同じく、何を言っているかわからない。

「あまりお邪魔にならないように退散しますよ。そろそろこいつらを撒いてこようかと思ってまして」

男が手にしていた段ボール箱から虫かごのような透明な箱を取り出す。

中には、今や副支配人の膝頭を這い上りつつあるそれと同じ生物が、大量に蠢いていた。

意識せず、腰を踏んでいたヒールに力がこもった。さすがに苦痛だったのか、副支配人が抗議するようにこちらを見上げる。

「そんな目をするなんて、お仕置きが必要なようね」

さっきとは反対の頬を平手で打つ。その乾いた音を合図に、虫かごを持った男は、にやりと笑って出ていった。

第五章　G線上のナイトメア

1　蛭𧍝　郁人

先ほどまでは微かにではあるが動いていた六肢が、今はぴくりとも動かない。なまめかしい艶を帯びていた敦子の体は仰向けになっており、その内側を満たしていた生命の膨らみはとうに失われていた。

腑抜けた面を晒す郁人の隣では、硼酸次もまた呆けたように座り込んでいた。

少し前、外で何かトラブルでも起きたのか、女の悲鳴が響いていたが、ホテルが対処したのか、急におさまった。扉のこちら側の出来事に比べれば、たとえ要人の暗殺未遂が起きていたとしても二人にとっては些末事だったが。

「終わりだ。明日からの公演は歌舞伎界に語り継がれる歴史的な失敗が待ち受けているに違いないよ。何しろビッグGがこんな有様なんだから」

敦子の最期の姿を改めて眺め、郁人がようやく我に返る。

「許さない。今すぐ敦子を殺した犯人を捕まえて、同じ姿にしてやる」

「さっきから敦子、敦子って、何なんだい。これはビッグGだろう」

訝る師匠に向けた郁人の瞳は、完全に据わっていた。

「違います。そりゃ、ビッグGは素晴らしい女ですが、敦子には敦子の良さがある。師匠ならわかるでしょう。触角の優美なカーブ、胴体に対して少し長い脚、つぶらな瞳。ああ敦子、頼むから甦ってくれ」

「おまえ、何を言ってるんだ。これがビッグGじゃないなら、ビッグGは一体どうしたんだ」

「師匠こそ、さっきからビッグGのことばかり。敦子がこんなことになっても何も感じないんですかっ」

立ち上がった郁人を、師匠が見上げてくる。

「死んだGなんて、ただのゴミだよ」

とうの昔に、常識などかなぐりすてた瞳だった。己の幸福を一顧だにせず、芸事にすべてを捧げてきた男の人生の重みが、郁人を一瞬怯ませる。

「それより私は、明日の公演を何とかしなくちゃいけない。ここにいるのは敦子だね。それじゃビッグGはどうしたのか、今すぐ言いなさい」

「このホテルのどこかにいます。先月、目を離した隙に逃げたんですよ」

隈取りを施した硼酸次の両眼が、カッと見開かれた。

「なぜそんなに大事なことをすぐに報告しないんだ。どうりで先月の公演は今いち調子が出ないと思った。前回の儀式はビッグGじゃなくて敦子だったんだね」

「全然気がつかなかったじゃないですか」

心の中だけで呟いたつもりだったが、声になっていたらしい。硼酸次の目の端が尖る。

「ビッグGは生きてるんだね」

「ええ。この一ヶ月、どうにか捕まえようと頑張りましたが、あいつ、ぜんぜん姿を現さなくて。ようやく今日、再会できたんです」

「いいかい、おまえの仕事は私の儀式にビッグGを用意することなんだ。今すぐどうにかできないなら、明日からは無職だと思うんだね」

硼酸次が本気であることは、相手の冷えた瞳を見ればわかった。

つまりビッグGを捕まえなければ、明日以降、郁人はもちろん、家にいる百匹のGたちを路頭に迷わせることになる。真綿にくるむようにして育てた子供達が、今さらストリートGとして生き残っていけるはずもない。

「わかりましたよ、捕まえてくればいいんでしょう。その代わり、敦子を弔ってからにさせてください」

「わかってるよ。ほら、供花代にでもしなさい」

硼酸次が心得たように、懐紙を差し出してくる。受け取った郁人の指が、それ相応の厚みを感じ取った。

「師匠っ」

思わず抱きつきそうになった郁人を気味悪そうに突き放すと、硼酸次がぷいとそっぽを向いた。

「必ず、ビッグGを連れ戻しますから」

涙を袖口でこすって乾かし、敦子をそっとハンカチにくるんでやった。

小さな桐箱に収め、遺体の周りを花でかこんでやろう。

「少しの間失礼します」

「夜の十二時前にはビッグGを連れて戻ってくるように。それ以上は待たないよ」

「わかりました」

しっかりと頷いて郁人がスイートルームを辞した次の瞬間、なにかに躓きそうになった。

ドアのすぐ前に、男が倒れている。

「大丈夫ですか？　人を呼びましょうか」

思わず声をかけると、相手は何事かを呟きながらよろよろと立ち上がった。顔の真ん中が赤く腫れ、どう見ても今すぐ手当てが必要そうな人物は、よく見れば霧吹である。儀式は終わったのかと尋ねられ、我に返った。

「いや、それはまだ——。急いでいるので、失礼します」

まだふらついている霧吹をその場に残し、階下へと急ぐ。

確か一階に花屋があったはずだ。薔薇どころか、かすみ草でも目玉が飛び出るような値段だが、敦子を送るために硼酸次の厚意をすべて使い果たすつもりだった。

エレベーターに乗り込み、ハンカチをそっと開く。

「敦子」

階下へ向かって動き出した箱の中で涙していると、長年の飼育で培われた耳が、独自の移動音を捉えた。

はっと顔を上げ、辺りを見回す。

——いる。近くに。

振り返ると、果たしてビッグGが、天井に張り付いてこちらを見下ろしていた。あたかも、妾との逢瀬を目撃した正妻のような怒りを滲ませて。

「ち、違うんだ、ビッグG。これには理由が。おまえさえ戻ってきてくれたら、敦子をこの場所に連れてくることもなかったんだ。なあ、わかってくれるだろう」

相手を刺激しないように敦子を再びハンカチにくるみ、無造作にバッグへと押し込む。

許してくれ、敦子。花は明日になりそうだ。

「ああ、会いたかったよ、ビッグG」

バッグの中をまさぐり、手作りしたキューブ状のカレークッキーを手の平に乗せて差し出す。

これまでの好物には見向きもしなくなった相手のために、アミノ酸を多めに配合したいわばスペシャルクッキーである。

拡散した刺激臭に、ビッグGの長い触角が迷うように揺れた。

「ほら、さっきのクッキーだ。おまえの好きなカレークッキーを改良して、さらに好みの味にしてみたんだぞ」

クッキーなんかであたしの心が手に入ると思わないで。まあ、どうしてもっていうなら、食べてあげないこともないけれど。

ビッグGが、つんと顔をそらしながら、長い六肢を蠢かせて壁を這い降りてくる。こんなにも美しい生物を、郁人はほかに知らない。

「ああ、きれいだ」

今さらゴマを擂ったって無駄よ。

それでも、ぶぶうっと翅を広げ、ビッグGが郁人の手の平へと数ヶ月ぶりに舞い降りた。

心に穿たれていた深い喪失の穴が、見る間に多幸感で満たされていく。

エレベーターはその間も下降をつづけ、目的階へと到着しかけていた。

ビッグGを捉えるなら今しかなかった。しかし、手の平で上品にクッキーを食む姿のあまりの神々しさに、あと数秒眺めていたいという欲を抑えることができない。

女神の食事は、きっとこのような光景なのだろう。

あと少し、ほんの少しだけ。

特別にあつらえたG専用の小型虫取り網の柄に、空いている方の手をかけながら、上から、斜め下から、ビッグGの姿態を眺める。先ほどまで敦子、敦子、と呼んでいた同じ口が、ビッグGの名前を連呼している。

「お帰り、ビッグG」

こちらを見上げるようにして触角を揺らすビッグGと見つめ合った。

そのまま五秒経ち、十秒も過ぎただろうか。はっと気がついた時には、誰かボタンを押した者がいたのか、エレベーターが目的階の手前の階で停まりかけていた。慌てて網を取り出し、クッキーに夢中になっているビッグGをさっと捕獲する。逃げる風でもなく、網の中で大人しく食す姿にほっとしたのも束の間。滑るようにドアが開いていった。待機しているホテル客に気づかれないうちに、素早くビッグGをバッグへと入れなければならない。

焦るな、自然にやれば大丈夫だ。ビッグGの姿をゴキブリだと認識される前に、鞄にしまうだけ。普段の郁人の手際なら、造作もないはずだった。

しかし――。

開いていく扉の向こうで佇む女の姿に、郁人の動きが鈍った。

死んだ敦子の亡霊が恨みを募らせたのだろうか。それとも、ただ郁人の迂闊さが招いた悲劇だったのか。

その女がまったくの他人でないことが、郁人の脳に伝達される。その間、約ゼロコンマ一秒。

まさかそんな、どうして――。

「やっと会えたわね」

返事をしようにも喉がひりつき、ようやく出た声は驚きに掠(かす)れた。

「菊子」

相手の視線が、郁人の手の平へと移る。網の中で優雅にクッキーに組み付いていたビッグGも、今や何かを察したのか、菊子の正面に向き直っていた。

この女、誰?

忙しなく動く触角が、ビッグGの無言の問いかけを伝えてきた。

「こちらは、菊子さんだ。菊子さん、こっちが」

「黙りなさい」

菊子がエレベーターに乗り込み、最上階のボタンを押す。そのまま、ゆっくりと右手を郁人の手の平へ、いや、ビッグGのほうへと向けた。

「まずい、逃げろ、ビッグG!」

ようやく戻ったビッグGを宙へと放ち、自らの身を投げ出して菊子に覆い被さったのと、菊子がシュウッとスプレーから薬液を噴霧したのは同時だった。

『ドアが閉まります』

アナウンスとともに、エレベーターの扉が閉じていく。

「逃げろおおおお」

ビッグGが主を気遣うように振り返った、などということはなく、扉の隙間へと羽ばたいた。

菊子が振り向きざまにもう一度スプレーを噴射し、毒を含んだ霧が追撃ミサイルのように扉の外へと飛び出していく。しかし、ビッグGを射程に捉えたかどうかは、ついにわからなかった。

2 霧吹(きりふき) 太治(たいじ)

蛩蟻が部屋を出る少し前、太治はスイートルームの扉の前に横たわり、痛みのあまり呻いていた。

畜生、やられた。

先ほどスイートルームのドアの前で騒ぎ立てる女を見て、あんな細身の相手なら後ろから羽交(はが)い締めにすればどうにか取り押さえられると油断した。侮(あなど)って近づくと、女は太治の鼻めがけて正確に肘を打ち込んできたのである。

床を転げ回っている間、痛みは太治の顔面に留まりつづけ、女は逃げた。

「硼酸次師匠のファンなのか?」

それにしては、怨嗟のこもった声だった。もしかして捨てられた愛人なのかもしれない。

しばらく床に突っ伏したままでいると、ドアが開いて誰かが出てきた。

「大丈夫ですか？　人を呼びましょうか」

「いえ、失礼いたしました。もう平気です」

声をかけてきたのは蜚蠊だった。

「儀式は終わったんですか」

「いや、それはまだ――。急いでいるので、失礼します」

蜚蠊は、太治が立ち上がったのを確認すると、足早に立ち去り、エレベーターに乗り込んでいく。

一応、あの女のことを市川様にも注意しておいたほうがいいだろうか。

迷ったが、相手は公演を明日に控えた歌舞伎役者である。邪魔をしたと騒ぎ立てられても面倒だ。

とにかくあの女を追おう。

もうホテルから出ているかもしれないが、念のため警備室に連絡を入れ、自らも捜索に乗り出すことにした。

立ち去った方角からして、どうやら女はエレベーターに乗ったようである。一階まで降りた右の箱か、それともたった今十五階から上昇を始めた左の箱か。しかし、一階へ降りたなら、もうとっくにホテルから逃げ出しているかもしれない。

十五階まで行ってみるか。

昇ってくるエレベーターを待つ時間が惜しくて、非常階段の重いドアを押し開けた時だった。エレベーターが到着し、静かに扉が開いた。

「待て、話せばわかる。本当だ」

「いいえ、Gに女の名前をつけて餌付けしている男の言うことなんて信用できない」

「誤解だ、一部に誤解がある」

男と女がもつれ合うようにしてエレベーターから出てきた。

蜚蠊さん？

彼は、なぜこんなにもすぐ戻ってきたのか。しかもあのおかしな女といっしょに。

面食らう太治の前で、女が蜚蠊を突き放して静かに何かを構えた。

見たところスプレー缶のようだ。次世代フヒキラーとラベルが貼られており、奇妙にもマジックハンドが装着されている。

「落ち着いてくれ、話せばわかる」

「どうしてさっきの大きいのを逃がしたの。あなた正気じゃない」

「ビッグGは——俺のすべてなんだ。それを正気じゃないと言われたら、そうなのかもしれない」

深刻な様子で話してはいるが、内容は酷い。二枚目ぶった声のトーンに、無関係であるはずの太治の神経まで逆撫でされた。

「ビッグだろうがスモールだろうが、Gを見たらスプレーを撒くのは人類の義務でしょ？　それを餌付けまでした挙げ句に庇(かば)って逃がすなんて」

十分おかしいはずの女の言葉がごくまともに思えてきて、太治は頭を左右に振った。

女が、人差し指をスプレーのプッシュボタンに乗せる。

アルバイトとはいえ、さすがにホテルマンとして見逃せない危険行為である。ポケットに常備しているマスクを装着し、女の様子を窺いつつ背後から近づいた。

荒く上下する女の肩越しに、目を左右に激しく揺らす蜚蠊が見える。蜚蠊が太治に気がつき、すがるような視線を投げかけてきた。同時に女も背後からの気配に勘づいたようだったが、間髪入れずに近づいて背後から羽交い締めにした。次の瞬間、蜚蠊がスプレー缶を女の手首からはたき落とす。

「ひどい、私の最高傑作に何するのっ」

「最高傑作って、君こそ何を言ってるんだ」

「というか、お二人は一体、どういう関係なんです」

女を押さえつけながらも、つい興味に駆られて尋ねた太治に、二人が息の合った声で「黙れ！」と即答した。

「ちっ」

これだから東京は嫌なのである。

「さっきから騒がしいね。蚰蜒、ビッグGは見つかったのかい」

見ればスイートの扉が開き、市川硼酸次その人が、どうらんで発光するようになった白い顔を覗かせている。

「師匠、それが――色々とありまして」

「廊下で騒いじゃ、他の方達のご迷惑になる。みっともないからいったんお入り」

硼酸次が、太治へも視線をくれた。

「君は確か――」

「はい、市川様。鹿野森の秘書の霧吹でございます。お騒がせして誠に申し訳ございません」

舌を嚙みそうな謙譲語も、反吐(へど)が出るほど嫌いだ。

「君も二人といっしょに入りなさい」

ため息交じりの声になぜ俺までという反抗心が湧き出たが、断れるはずもない。仕方がなく、二人の後につづいてスイートルームの敷居をまたいだ。

世界中のVIPをもてなしてきたホテル自慢の部屋だけあって、何度入っても、圧倒される洗練美である。今夜も、一流ブランドの家具で品よく整えられた室内を、ガラスの向こうの夜景が宝石のごとく彩っており、このスイートこそが真夏の夜の夢ではないかと思わされた。

「霧吹君、ルームサービスを頼んでくれないか。ケーキと紅茶のセットがいいね。お嬢さん、きっと気持ちが落ち着きますよ」

「あなたが郁人さんの上司の市川硼酸次さんですか」

女はこの非日常空間にも頓着（とんちゃく）せず、立ったまま硼酸次と向き合った。髪や服装がこれほど乱れていなければ、案外まともな勤め人にも見えるだろうか。

「そうです。蜚蠊君にはいつもお世話になっていますよ。それでお嬢さんは――」

「私は郁人さんとお付き合いをさせていただいている木村菊子と申します」

「そうだったのか」

思わず呟いた太治とは違い、硼酸次は、さほど驚いた様子もみせず、菊子に対して鷹揚（おうよう）にソファを勧（すす）めた。

「さあ、紅茶がくるまでここに腰を落ち着けなさい。話を聞きますよ。蜚蠊が粗相（そそう）をやらかした、そうだね？」

「そんな、師匠」

異議を申し立てる蜚蠊を硼酸次が目でいなす。

髪が乱れ、目を赤く充血させている菊子は、歌舞伎化粧を施した硼酸次と並んでも迫力では負けておらず、もはや二大キワモノ対談の趣さえ漂わせている。

「市川さん、率直にお伺いします。郁人さんの仕事内容を教えていただけませんか。私は付き人だと知らされていたんですが、ただの付き人じゃないですよね」

硼酸次が微かに目を見開いた。

「おまえ、菊子さんに何も打ち明けていなかったのかい」

「師匠、お願いですから」

「いいや、相手に真剣なら、きちんと打ち明けたほうがいい。隠していたって一つもいいことなんかないよ」

「その通りです。おっしゃってください」

詰め寄る菊子に対し、硼酸次が優しく告げた。

「質問に答えるのは私の役目じゃない。蜚蠊、ここに座ってきちんと説明するんだ。男と女はね、小さなうちにヒビを埋めなければ、取り返しがつかなくなることもあるんだよ」

ケーキセットのルームサービスをフロントに発注し終わると、太治は急いで三人の集う部屋へと駆け戻ってきた。口ではこれだから東京はなどと毒づきながらも、騒動のつづきが気になって仕方がないのである。

ちょうど、蜚蠊がソファに腰を沈めたところだった。唇を極限まで引き結ぶ姿は、ほんの少し哀れを誘わなくもない。

「確かに僕は、君に言っていなかったことがある。僕は、僕の仕事内容は、師匠のためにGを育てて儀式に使うことなんだ」

菊子が、理解できないというように視線を彷徨(さまよ)わせた。無理もない。仕方がなく、太治が助け船を出す。

「菊子さん、実は市川さんは大事な公演の前には必ず、とある儀式をこの部屋で行うんです。いわゆる験担ぎというやつです。その儀式で、どうしてもGを使う必要があるんですよ。その大切なGの世話係が蜚蠊さんのお仕事なんです」

「世話係って、小学校のお当番でもあるまいし」

「そんな中途半端なものじゃない。Gは僕のすべてだ。すべてはGのためなんだ」

菊子の瞳が色を失う。

「いや、もちろん、君とGとはまったく別の問題というか」

「当たり前でしょう？　相手は社会のゴミよ？　あのGはゴミのGでもあるのよ？」

さっと蜚蠊の顔色が変わった。

「その言い方は偏見に満ちているなあ。Gはゴミどころか、ゴミを掃除して回る尊い存在なんだ。彼らがいなければジャングルであれ都会であれ、腐食物が土に還るまで一体どれほどの時を要することか」

「そう、言い間違えたわ」

「わかってくれれば——」

「社会のゴミはあなたよ。せいぜい大事なG達に土に還してもらったらどう」

「ちょっと待ってくれ」

立ち上がりかけた菊子の手首を、蜚蠊がはっしと摑んだ。

「君こそ、何か僕に隠していることがあるんじゃないのか」

立ち去りかけていた菊子の瞳が大きく揺れた。

いつの間にか太治の隣に立っていた硼酸次が、そっと耳打ちをする。

「面白くなりそうじゃないか」

「面白がっている場合ですか。明日は大事なご公演ですよね」

答えながらも、隠しきれない好奇心が太治の声にも滲んでしまっている。事実は小説よりも奇なりとはよく言うが、これほど面白いドキュメンタリーはなかなかお目にかかれない。しかも、主人公は見知っている相手である。

「あの、市川様にも軽食をご用意しましょうか？　たとえばポップコーンなど」

「なかなか気が利くね。それじゃ、キャラメル味のを大盛りで」

冗談のつもりで提案した太治に、硼酸次は茶目っ気たっぷりに乗ってくる。その間も、ドキュメンタリーは進んでいった。

「なあ、君は一体、僕に何を隠してるんだ」

「あなたほど特別なことなんて隠していないわよ。ただ、職業がただのＯＬじゃないってだけ」

「え、そうなのか」

第三者がほんの少し接しただけでも看破できた事実に、蜚蠊はまったく気がついていなかったらしい。どう考えたって、一般のＯＬではないだろう。

「私はね、けっこうな老舗企業に勤める研究者よ。そしてその老舗企業の名前は」

「名前は？」

ごくり、と蜚蠊が喉仏を上下させた。

「しゅっと一吹き、よ」

菊子が、蟲の羽音のような細い声で答える。

今度は、蜚蠊の瞳が色を失った。

「まさか、まさか――」

「そうよ。そのまさか。私の勤め先の名前は」

「言うなあああああ」

「フヒキラーなのよおおおお」

蜚蠊が両耳を手の平で押さえてその場にうずくまる。

太治の隣で、くくっと硼酸次が肩をふるわせた。

「よりによって君は、悪の手先、フヒキラーの犬だったのか」

「あなたこそＧの犬じゃない」

菊子が言い捨てたその時だった。

空気をふるわせながら、太治の耳元を微風とともに羽音が通り過ぎていった。

「何、これ」

見れば菊子の腹部に、グロテスクな塊がぴとりと着地している。

「ビッグ――Ｇ？」

蜚蠊の声に硼酸次がぱっと飛び出し、菊子の前にひざまずいた。

「やったじゃないか、蜚蠊。もうこの際だ、お嬢さん、その体を動かさないでおくれ。今、儀式を行うから。ちょっと平岡、花道をはやく」

聞き慣れない名前に硼酸次の視線をたどってみれば、黒子の衣装で影のごとく控えていた付き人の姿があった。プロフェッショナルは気配まで消せるのかと太治が妙なところで感心しているところへ、菊子の底冷えするような声が響く。

「この薄汚いＧっ、死にさらせっ」

「誤解だ！　ビッグＧはその辺のノラＧと違って清潔だ」

「ノラ・ジョーンズみたいに略すなあああ」

菊子は一瞬の早業で腹のビッグＧへと手を伸ばしたが、ビッグＧはさっと羽ばたいて蜚蠊の肩へと身を翻す。

「おお」

見事、と言えなくもない立ち回りに、硼酸次が膝立ちのまま歓声を上げた。

「ノラ・ジョーンズはＧじゃなくＪだ」

蜚蠊の呟きに、菊子のまなじりがさらにつり上がる。

「二匹まとめて地獄に堕としてやる」

再び菊子がスプレーを構えたところへ硼酸次がのっそりと立ち上がり、宥めにかかった。

「菊子さん、まずは落ち着こう。私はね、明日、大事な舞台があるんだ。一口に舞台と言っても、関わる人間が大勢いる。私が彼らの生活を背負っているんだよ。そして明日の舞台には、ビッグGとの儀式が不可欠だ。そうだ、菊子さんを公演に招待しよう。もちろん最前列だ。どうだい？　歌舞伎の魅力を知れば、今夜のこの儀式の重要性や、蜚蠊君の仕事の尊さがわかるはずだよ」

見事に空気を読まない油注ぎである。

太治が手に汗を握っていると、興を削ぐ着信音が自身のスマートフォンから響いた。画面を確認すると相手は鹿野森である。仕方なくその場を離れ、応答した。

「はい、霧吹です」

『もしもし？　一体どこにいるのよ。何度も連絡したのに』

「すみません、少し手間取ってて」

『女の身柄はどうなってる？』

「それが色々あって。今、女と蜚蠊さんと、市川師匠のスイートにいます。それに、ビッグGもここに現れました」

『――いいわ。細かい事情はまた聞くとして、とにかく女の身柄を確保してガードマンに渡して』

「わかりました」

振り返ると、蜚蠊と女とビッグGが、三つ巴で取っ組み合っている。

東京なんて、大嫌いだ。

終わらないドキュメンタリーの続きを見物するため、太治は再び部屋へと戻った。

3 冷膳亘

アミューズ・ブーシュとして供された岩牡蠣のミニキッシュを一口頬張り、件の客が何事かを呟いた。ゴルゴンゾーラとミルキーな岩牡蠣の甘みが口の中で溶け合う絶品だが、果たして百戦錬磨の相手を楽しませることはできたのだろうか。

冷膳が自分の舌で一つ一つの仕上がりを確認する予定だったのに、この状況ではそれも叶わない。せめて本人の反応をうかがうために、相変わらずホール係に扮して、間近で見守っているのである。

次はオードブルだ。今日は三種類のヴァリエで、鯛のマリネ、鴨のロースト、三浦や房総の提携農家から取り寄せた夏野菜のサラダである。

差し出された皿を前に、客の口元が「ほう」と小さな円を描いた。

その〝ほう〟のために、冷膳はシェフとしてどれほどの辛酸を舐めてきただろう。今日を境に栄光への階段を駆け上がるのか、それとも奈落の底へと突き落とされるのか。

嗅覚と味覚を失った対価か、残る視覚、触覚、聴覚は、かつてないほどに冴えている。

緊張が極まり、解像度が不自然なほど高いクリアな視界の端に、あり得ない動きを捉えた。

まさか――。おそるおそる視線をやると、確かにそれが、いやそれらが、カルガモの親子ほどの緩慢なスピードでテラス席を横断しようとしていた。

Gの連なり、だと？

それでもパニックに陥っている暇などなかった。眼前の客に気づかれたら何もかも終わりである。かといって、ここで殺虫スプレーを撒くわけにもいかない。

こうなったら、あの悍ましい技を持つ人物――姫黒を招聘するしかなかった。

問題は、姫黒の到着までに、やつらの存在を客の目から隠し通せるかということである。

キュウと縮こまった胃が、いつもの倍の威力で痛みを伝えてきた。

「うぐ」

列を成すGのうちの一匹が歩みを止め、冷膳のほうへと触角を蠢かせている。

ホール責任者に目だけで合図を送り、ちょうどGを覆い隠す場所へと立たせたあと、いったん厨房へと引き返し、急いで電話をかけた。

「もしもし？　鹿野森総支配人ですか。また出たんですよっ。しかも今度は列になってテラス席を移動してます。本当に駆除対策をやったんですか」

　一気にまくし立てると、相手は沈黙したまま何も返してこない。

「鹿野森さん？　もしもし？」

『ごめんなさい、もうすぐ蛍の放生があって打ち合わせ中なの。姫黒さんは今、もしかして取り込み中かもしれないけれど、そちらを優先してもらうように手配します』

「例の調査員がすぐそばで食事してるんだ。頼みますよ」

　乱暴に通話を切り、無臭の深呼吸を繰り返す。

「大丈夫ですか、シェフ」

「大丈夫なわけないだろうっ」

　自制しきれず、スーシェフを怒鳴りつけてしまった。

　よりによって、なぜ今日なんだ。この日に向けてどれだけの準備を積み重ねてきたと思っているんだ。

　憎むべきは穀句副支配人である。

「そういえば、あいつのことを総支配人に伝え忘れていたな」

　再び鹿野森に電話をかけたが、すでに姫黒と話しているのかつながらない。

　まあいい。あれから順調に事が進んでいれば、今ごろ副支配人は面白い目に遭っているはずである。

ちょうど目の前を、差し替え用のウォーターグラスを運ぶギャルソンが通りかかった。

「貸してくれ。俺が持っていく」

「ウイ、シェフ」

再び足をテラス席へ向けると、「真夏の夜の夢」のワンシーンが上演されるところだった。先ほどホールでピアニストが奏でていた曲を、今度は弦楽器が四重奏している。

件の客は、ワインといっしょに音楽を味わうように目を細めていた。そのほんの二メートルほど先の床で、G達はまだ同じ場所に留まっている。

なぜあんな場所に止まっているんだ？

パニックを懸命に抑え込んで調査員のそばへと近づく。

「お水を替えさせていただきます」

「ありがとう。君は、先ほどのギャルソンとは違うようだが」

「こちらの都合で、交代させていただきました。ワインはお口に合いましたでしょうか？」

「悪くない（パ・マル）ね」

言葉通りの満足なのか、それともただの皮肉なのか。冷膳には、もはや判断がつかない。

先ほどから控えているホール責任者が、さりげなく位置を移動した。Gの移動を客の目から隠すためだ。

「失礼いたします」

一言告げ、自らもホール責任者のすぐ隣へと下がった。

さりげなく背後を振り返ると、合計七匹のGが、几帳面(きちょうめん)に一列を成していた。

調査員と目が合い、笑顔を貼り付ける。

にわかに、庭の観客席でざわめきが起こった。ステージ上に目を遣ると、ちょうどMCが舞台中央のマイクを手に取るところだった。

「皆様、もう間もなくライブの始まる時間ではございますが、アーティストの喉の調整のために三十分ほど遅れて開始いたします」

落胆のため息がアナウンスのあとにつづく。

調査員も、嘆息(たんそく)とともにカトラリーを皿へと置いた。

「もう三十分も遅れているね。まさか、クリスタル・ブラウンに何かあったんだろうか。君、ちょっと事情を確かめてきてくれないか」

「承知しました。しかし、もうしばらくお待ちいただけないでしょうか」

あいにく冷膳とホール責任者の背後には木陰で涼(すず)む旅人のごとく七匹のGが、ぴたりと行進をやめて憩(いこ)っている。「真夏の夜の夢」の上演もいつの間にか終わっていた。

「なぜだ?」

「いえ、少し、待っておりまして」

「何を?」

相手は不機嫌を隠さずに問いかけてくる。

「その——、蛍の放生がございますので。まずはそちらをお見せしようかと。この席からですと少し距離がありますので、そばでご案内さしあげたほうが確実に見られます」

苦しすぎる言い訳に、胃酸がこみ上げてきた。

相手はまだ苛立たしげにしていたが、いったんは矛を収めてくれたようだ。

「それで、どちらの方角に出るんだ」

「あちらでございます。ステージの灯りが一瞬消えますので、その時に小さな光にご注目ください」

冷膳の声が合図になったかのように、ステージの灯りが消えた。

「これから、蛍の放生を行います」

どこからか鹿野森総支配人の声が響き、会場のざわめきがおさまった。

4　鹿野森 優花

「これから蛍の放生を行います」

分刻みのスケジュールをこなすうち、気づけばステージの上にいた。

総支配人としてホテルへの愛顧に感謝を述べ、居合わせた客達のますますの繁栄を祈る。条件の良い席のチケットは贔屓筋に配ってあるから、最前列には優花が子供の頃から見知っている老夫妻や政財界の大物の家族の姿も見えた。

本来であれば、ライブの前にクリスタル・ブラウンも交じえて放生を行う予定だったが、どうやらプライベートで何かあったらしく、控え室から出てきてくれない。

「クリスタル・ブラウンさんは、ただいまライブに向けて最後の調整を行われています。みなさん、どうか楽しみにしていてくださいね。それでは、消灯します」

うしろに控えていた係が、さっと蛍の成虫を集めた虫かごを手渡してくる。真っ暗になったステージ上には、優花の他にも係のスタッフがずらりと並び、それぞれが蛍の入った虫かごを抱えていた。客席から見れば、点滅する儚い光が、美しい線を描いているように見えるだろう。

背後からクリスタル・ブラウンの代表曲がインストゥルメンタルの生演奏で流れ、まずは優花が虫かごを開けた。

空の高さに気づいた蛍が、一匹、また一匹と外界へ飛び立っていく。

観客席から、ほうと感嘆のため息が漏れた。

すぐそばには、ホテルが明治時代から管理をつづけてきた小川が流れており、ザリガニやメダカも自生しているほど清い。生存本能か、蛍達は放たれた順にそちらへ引き寄せられていく。優花につづいて、スタッフ達も次々と虫かごを開いていった。

ふわり、ふわり、と蛍が舞う。その光景に、なぜか優花は不吉な予感を覚えた。

なぜだろう。見えている景色はこんなにも美しいのに。

直後、短い悲鳴が響き、優花は自らの予感が間違っていなかったことを悟った。虫かごが床へと落ちる衝突音のあと、スタッフが辛うじて悲鳴をおさえ、優花のもとへと駆け寄ってくる。

「大変です。虫かごからGが――」

なぜ気がつかなかったのだろう。蛍とG。いわば、光るか光らないか、その差しかないのに。

「わかった。とにかく、残りの虫かごをすべて閉じて退場して」

指示を終えるなり再びマイクを取る。

「大変失礼いたしました。それでは、しばし、今だけの蛍の舞をお楽しみくださいませ」

客席からは、盛大な拍手が上がった。

闇夜にカラス、暗闇にGである。幸い、いくらGが飛び交っても、この暗闇の中で気がつくのは姫黒マリくらいだろう。最悪、カブトムシに間違えられるくらいだ。くらいであってほしい。

「しばらくステージに灯りをつけないで」

バックではバンドから不平の声が上がったが、無視してステージを降りる。

どうしてこう、どこもかしこもGだらけなの。

もはや無事に今夜を終えられる自信が持てない。

どこかで、蛍にはたてられるはずのない強い羽音が響いていた。

5
冷膳(れいぜん)　亘(わたる)

「おい、君、蛍の放生は終わったみたいじゃないか。それなのに、なぜ灯りがつかない。クリスタルはまだなのか」

調査員は明らかに先ほどより苛立っている。馬鹿にするかのように、冷膳の背後のGは、のんびりとその場に佇んだままだった。

今動けば、確実にGの存在に気づかれる。

サービスの評価は星とは区別されるが、快適度として別のマークで表示される。味が良くてもサービス評価が低いとなれば、ホテルの評判そのものに傷がつく。仕方がなく、その場で携帯電話を出し、鹿野森に連絡を取った。

「鹿野森さん？　もう蛍は終わったんですよね？　オ・ミリウに今すぐ姫黒さんをよこしてください」

『それが姫黒さん、どうやらスイートへ向かってるらしくて』

「スイートにまで出てるんですか」

『ええ。でも、やはりそちらが先ね。姫黒さんには連絡しておきます』

「頼みますよ。それから、ライブが始まらないのはなぜか事情をご存知ですか。レストランの大切なお客様が気にしていらっしゃいまして」

　大切な、に込めたアクセントの意味を鹿野森は解してくれただろうか。しばしの沈黙ののちに、声が返ってきた。

『これはオフレコなんですが、失恋したてで歌えないっておっしゃってて。今、マネージャーさんが説得に当たってるの。喉の調子を整えている最中だとお伝えしておいて』

「そうですか。喉の調子を。承知しました」

　今夜は誰も彼もが、何かに悩まされる運命なのだろうか。

　こちらの電話の内容に聞き耳をたてていたらしい調査員は、「喉の調子か」と、どうにか事情を受け入れたようである。

　鹿野森には、穀句副支配人の暴挙についても報告したかったたが、さすがに内輪の事情を客席で告げるわけにもいかず、また電話をかけるとだけ伝えた。

　あとは、後ろのこいつらが片付いてくれれば――早くしてくれ、姫黒さん。

　胃がきりきりと痛む。いっそG達を踏みつけてやろうかと思い詰める冷膳を、調査員が訝しげに見つめているのに気がつき、ゴホンと咳払いをして誤魔化した。

6　クリスタル・ブラウン

今夜のライブの控え室として与えられたのはガーデンを見晴らす広い個室である。鏡台の脇にはクリスタルの好きな赤い薔薇の花束が生けられており、ホテル側のもてなしが感じられた。しかし、どうしても気力が湧かなかった。最前列に招待した意中の相手、福村雅也が、いっこうに姿を現さないのである。

マネージャーがミネラルウォーターをコップに注ぎながらため息をついた。

「いい加減にして、クリスタル。男の一人や二人、何だって言うの。だから言ったじゃない、彼は望み薄よって。振り向いてくれない男より、あなたを見つめつづけているファンのことを考えて立ち上がって」

「いやだよ。フラれたばかりだっていうのに歌う気力があると思う？　ピアノだってないし。今日はどうしてもピアノで歌いたい気分だったのに」

クリスタルは悄然と窓の外へ目を向けた。

「あなたの尊敬する姫黒マリは、恋人が他の女と婚約発表をしたその日も、銀座の舞台で恋のシャンソンを歌いあげたんでしょう」

七十年代、日本のエディット・ピアフと謳われた伝説のシャンソン歌手、姫黒マリ。その憂いを帯びた歌声、卓越した歌唱力、そして多くの文化人を虜にしたというコケティッシュな容姿は今も語り草になるほどである。しかし彼女を伝説にしたのは、歌声や容姿だけではなく、その引き際だった。

当時、噂になっていた恋人、市川硼酸次が歌舞伎界の重鎮の娘と電撃的に婚約発表をした夜、姫黒もまた国営放送へ初出演し、歌う予定になっていた。彼女の快挙を喜んだ田舎の両親も、会場の最前列にいたという。

嘘か真かはわからないが、婚約発表の前日、硼酸次は姫黒と彼女の両親を交えて会食までしていたらしい。彼女にとって、恋人の婚約発表が晴天の霹靂だったことは間違いがない。

それでも彼女は舞台に立って見事に歌い上げたあと、殺到する取材陣をどうやってか撒いてスタジオを辞した。そしてその夜を境に、芸能の世界から忽然と姿を消したのである。

当時はまだ、歌舞伎役者の女遊びは芸の肥やしとされ、マスコミがスクープするなど無粋とされる時代だった。そのため、すべての事情を知っていたのは業界内の一部の人々のみだったろう。しかし、逆境に咲いた姫黒マリという伝説は、密かに語り継がれ、拡散し、今ではインターネットで硼酸次の名前を検索すれば、必ず姫黒マリの名前も同時にヒットするほどの、公然の秘密となっている。

「俺はあの人みたいに強くはなれないよ」

歌手仲間から、心を打つ歌声だと姫黒マリの映像を見せられたのは十代も終わりの時だったろうか。脳天からつま先までを衝撃が貫き、クリスタルは歌とは何かを思い知らされた。同時に、歌唱力に自惚(うぬぼ)れていた自分が、いかに歌から遠い存在であるかも。

「福村雅也が今、連続ドラマの撮影まっただ中だって知ってるでしょう。自分だってダメ元で誘ったって言ってたじゃないの」

「でも彼、来るって言ってくれたし。あ、わかった。誰かがピアノを弾いてくれたら、今すぐ歌う」

「だから、今からじゃ準備が難しいって言われたでしょう」

マネージャーがクリスタルをたしなめた時、部屋の扉をノックする音が響いた。

「総支配人の鹿野森です。お気持ちが大変な時に、たいへん恐縮です。私やホテルに何かできることはございますか。とりあえず、少しでも慰めになればと、お好きな赤い薔薇をお持ちしました。もしよろしければ控え室に飾ってくださいませ」

口調は丁寧だが、おそらく一刻も早く舞台に上がれという催促(さいそく)である。

「いえ、もうすぐ舞台に上がりますので。ご心配をおかけして申し訳ありません」

意向を無視されたのが気に食わず、クリスタルは不機嫌な声を発した。

「僕は、どうしてもピアノの伴奏が必要なんだ。それが無理なら、今夜の舞台はキャンセルする」

「クリスタルっ」

小さく悲鳴を上げたマネージャーに対し、扉の向こうの鹿野森はあくまで冷静だ。

「そこまでおっしゃるのであれば、手配してみます。しかし、開始時間が過ぎておりますので、先に舞台に上がっていただけますか」

鳴かず飛ばずの時代から支え続けてきてくれたマネージャーが、さすがに凄味のある視線を送ってきた。これ以上は許さないという合図である。

「——わかった。それじゃ、数曲はバンドで歌う。でも、もし用意できなかったら、すぐに舞台から降りるよ」

「ありがとうございます。花束は、入口に置いておきますね」

鹿野森のほっとしたような声が響いた。マネージャーが有無を言わせずに水の入ったグラスを差し出してくる。

「これ以上の我が儘は許されないわよ。あなたのために集まったファンのことも考えて」

「だからこそ、パフォーマンスは完璧にしたいんだ。はいこれ、ピアノで歌いたい曲のリストとスコア」

紙の束をマネージャーへと渡し、水を一口含んだあと軽く発声を行う。

深呼吸をして控え室の外へ出てみると、ふわりと甘い香りに包まれた。足下に、一抱え分もある薔薇の花束がそっと置かれている。持ち上げて香りを嗅ぎ、これもマネージャーへと手渡した。

「なんて見事な。控え室が薔薇の間みたいになるわね」

鹿野森総支配人が、こちらに背を向けて誰かと電話で話していた。

「ええ、スイートルームはいったん置いておいて、『オ・ミリウ』のテラス席へ向かってください。はい、姫黒さんにしか対応できない事態になっているそうです。それと、霧吹はいっしょですか？　――あ、クリスタル様、申し訳ありません」

すぐに電話を中座し、鹿野森総支配人が貼り付けたような笑みを浮かべる。

「ご案内いたします」

庭園の中心にしつらえられた舞台へと向かう道すがら、鹿野森総支配人の電話が幾度も鳴った。他人事ながら心配になったのか、マネージャーが尋ねる。

「あの、出られなくて大丈夫なんです？」

「ええ、いいんです。一つ一つ、やることをやらなくては」

一瞬、ビジネスライクな笑顔が途切れ、闘志を剝き出しにした彼女の素顔が覗く。女に興味はないが、戦う人間は嫌いではない。

ようやく腹に力がこもってきたところで、廊下の先に何かが動いているのが見えた。

ゴミ？

目をこらしてみると、どうやら小さな黒点である。目の錯覚かとそっとハンカチを目にあててからもう一度眺めてみる。近づくにつれ、徐々に黒点の輪郭まで明らかになってきた。

「ちょっとやだ、あれ――」

気がつけばクリスタルもまた、普段はひた隠している素の自分を覗かせてしまっていた。

「Gよ！　Gじゃない！」

鹿野森の腕にひっしとしがみついていたことに気がつき、「キャッ」と離れる。

「申し訳ありません、すぐに善処します」

普段はむしろ男の色気を売り物にしているクリスタルの豹変（ひょうへん）にも頓着せず、鹿野森がポケットから小さなスプレーを取り出した。

「喉に影響が出るといけませんので、これを」

こちらに差し出されたのは、マスクである。ひどく冷静な対応だった。まるでこんな場面を何十、何百回と乗り切ったような。

冷え切った瞳で、鹿野森がスプレーをGへと向ける。危機を察知したのか、Gが羽音を上げて舞い上がった。

「キャア！」

クリスタルがマネージャーと腕を取り合って悲鳴を上げたのと同時に、鹿野森が一歩踏み込んでスプレーを噴霧した。Gが羽ばたきをやめ、力なく下降してくる。床に落ちる直前、鹿野森は取り出したティッシュで黒々と光る体を事もなげに受け止め、まだ微かに蠢いているそれを器用にくるんでビニール袋に収めた。

この間、おそらくわずか十秒ほどである。

「もしかして、よく出るんですか」

思わず敬語で尋ねる。

「まさか。こんなものを目撃したのは初めてです」

絶対に嘘だが、鹿野森の射貫くような瞳は、あらゆる疑問を拒絶していた。

「さあ、ステージへ」

踵(きびす)を返し、鹿野森が再び会場へと歩み始める。

生唾で喉を潤し、クリスタルも後につづいた。

会ったこともない母は、きっとこういう強さを持った人だろうと、なぜか思った。

7 姫黒(ひめぐろ) マリ

せっかく最上階へたどり着いたのも束の間、姫黒マリは再び一階のボタンを押し、耳の奥がつんと詰まる感覚に顔を顰(しか)めていた。

「まったく、人遣いが荒い女ね」

独りごちたところへ、どこにどう潜んでいたのか小柄のGが現れる。

「左手で十分」

呟き終わる前にパンと乾いた音が箱内で響き、姫黒マリの左手は箱の壁へと押しつけられていた。そのまま手首を九十度回転させ、相手の息の根を止める。
壁には、G愛好家の蜚蠊が見たら悲鳴を上げて嘆きそうな無残な屍が、極薄せんべいのように張り付いていた。ポケットから除菌用のウェットティッシュを取り出して丹念に手の平を拭い、次に壁の死骸を除去してスプレーを施したのち、殺戮の痕跡を完全に消し去る。

「これでよし」

バックヤードへ入り、鹿野森の指示通りに、オ・ミリウのセルヴーズの制服へと着替える。やや早足で店のテラス席へと向かった。

「お待たせいたしました。まもなく、ミッドサマードリームナイト・ウィズ・クリスタル・ブラウンのライブがはじまります」

アナウンスが流れ、直立不動でテラスの一角に控えていた冷膳が、聖職者にでもすがるような哀れな信者の目をこちらに向けてくる。直後、冷膳のすぐそばのテーブルから、苛立ちの滲む声が飛んだ。

「君は私をバカにしているのか。なぜ、そこに立ったままなんだ。ステージが見えないじゃないか」

「こちらの事情で申し訳ございません。もうしばらくお待ちくださいませ」

冷膳が立つ背後のタイルに目を落とすと、それが、いや、それらがいた。ビッグGには及ぶべくもないが、ホテルのフレンチにはふさわしくない七つの黒点がすっかりくつろいでいる。

そのまま真っすぐ近づくと、ポケットからウェットティッシュを取り出し、冷膳の背後へ駆け寄った。

こちらの気配を察知した敵グループは逃げようとしたが、どうやら相当弱っているらしく、その動きはかなり鈍い。本来であれば時速三百キロを超えるスピードで逃げるはずだ。

「哀れな」

ほぼ無抵抗の相手を手早くドリルしていき、最後の一匹だけ、半殺しのまま、庭に放った。相手はよろよろと、最後の力を振り絞るように逃げていく。素手ではなくウェットティッシュを使ったのは客達へのせめてもの配慮である。ちょっと見には、気の利くセルヴーズがさっとゴミでも拾ったようにしか思えないはずだ。

ほとんど涙目になって感謝を伝えてきた冷膳に軽く頷いてやる。

「さあ、間もなくライブがはじまるようです。このあとのスープとともにお楽しみくださいませ」

心なしか震えている冷膳の声を背後に聞きながら、レストランをあとにした。

通常であればこのまま休憩でもとるところだが、さすがに今夜はそんな気分になれなかった。Gの発生率が異常だ。あれほど弱った個体が集団で現れたというのも不自然である。

餌不足の冬ならまだしも、今はGがもっとも元気な夏季。本来であれば、人でにぎわうテラス席に集団のGが発生するはずがないし、あのようにじっとしているなど考えられない。

「人に慣れている飼育された個体を放ったか、それとも、無理に集めた弱った個体を放ったか」

まさか、こんなテロのやり方があったとはね。

バックヤードに戻って再び清掃員の制服に着替えたあと、一人、ワゴンを押しながら裏口を出て、とある場所へと向かう。

頭の中に思い浮かぶ人物は、一人しかいなかった。

案の定、目的の場所に近づくと、紫煙(しえん)がくゆって風に流れている。

「そこにいるんでしょう？　出てきなさい」

砂利を踏んで、男が物置の陰から現れた。

「姫黒さんか。久しぶり」

「やっぱり、艶漆だったのね。自分をクビにした職場にGを撒くなんてダサいやり方、いかにもあなたらしいからすぐにわかった」

艶漆の瞳に、濃い憎悪の影が差す。

「あんたはホテルマンのプライベートなんて詮索せずに、Gだけを潰してりゃよかったんだ」

一年ほど前、艶漆がホテル客へコールガールを斡旋していることをこのホテルの裏手で知り、鹿野森へ忠告した。売春行為自体を否定しているわけではない。ただ、小娘と陰口を叩かれながら奮闘している鹿野森の陰で、私腹を肥やしているこの男が不快だったのである。

「言っておくけど、あたしが邪魔しなくても、いずれあんたのボスがトカゲの尻尾(しっぽ)切りをしたでしょうね。おおかた今回のことだって、穀句の指図でしょう。ホテルを去ってまで、あんな男の言いなりなの」

「さあ、なんのことだかな。俺はそろそろ行くよ。ラーメン屋が閉まっちまう」

「とっとと消えなさい。Gは、あたしが全部片付ける」

「いくらあんたでも、百匹は無理だろう」

知らずに片眉が上がった。

相当数を放ったのだと覚悟はしていたが、百匹とは――。あちこちでGが目撃されるはずである。

しかし着実に処理すれば、根絶やしが不可能な個体数ではない。

「一晩あれば十分よ」

艶漆の目元が憎々しげに歪んだが、何も言わずに裏門を出ていった。

やや丸まった背中が視界から消えるのを待って、ポケットからタバコを取り出す。火をつけてゆっくりと煙を吸い込んだ刹那、上から声が振ってきた。

「あなた、本当にただの清掃員なんですか」

見上げてみれば、先ほど似合わぬ説教をしてしまった若いピアニストが二階の窓から覗いている。

「こんなところで何やってるの」

「何って、バイトが終わったんで帰り支度ですよ。ここが控え室なんです。それより、さっきの柄の悪そうな男はなんですか」

「そうね、失意をこねて人間の形にしたようなものかしら」

ピアニストが笑う。

「そんなものなら、ここにもう一人いますけどね」

「バカね、その失意をなぜ音楽にしないの」

目の前を力なく通過していく無防備なGにさっとスプレーを浴びせ、ビニール袋へと片付けた。プリンセス・ドリルは、いかにも脆(もろ)そうなピアニストの精神には耐えられないように思えたからだ。

「今、Gを殺しました?」

「そんな些末事に煩わされてないで、さっさと行きなさい。ステージに上がってピアノをジャックするの。きっとクリスタル・ブラウンは、あなたのピアノを気に入るはずよ」

「なぜそんなことが断言できるんです」

「彼もあなたも、本物のアーティストだからよ」

若いピアニストの頬にさっと朱が差した。

「バカにしないでください。そんなご立派な存在じゃないって、もうわかってますから」

「さあ、私は聴いたままを伝えただけよ」

「あなたに何がわかるっていうんです」

面倒な若造である。それでも捨て置けないのは、彼の瞳に、すべての芸術家の友である、己という存在への失意を垣間見たせいだろうか。

「私にわかることはただ一つ。Ｇを見たら殺れってことだけ。あなたのＧは何かしら」

不安定に揺れていたピアニストの瞳が、さらに大きく揺らいだ。

「わけのわからないことを言わないでください」

日陰のせいか、日向（ひなた）との温度差がぬるい風を呼び込む。紫煙が吐き出したそばから左へと飛ばされていく。

レストランで七回連続プリンセス・ドリルを繰り出したあとである。心地よい疲労感に身を委（ゆだ）ねていると、今日なんど目とも知れない着信音が沈黙を切り裂いた。

「姫黒よ。今、休憩中なんだけれど」

『霧吹です。姫黒さん、休んでる場合じゃないですよ。スイートルームはもう阿鼻叫喚（あびきょうかん）です。早くしてください』

絶叫する霧吹の後ろから、『彼の本命は私よ、このバカＧっ』と何者かが金切り声を上げている。最上階のスイートには、例の厄介（やっかい）な儀式を催すしようもないＶＩＰ客が滞在中である。

まったく、誰か知らないけれど、とんでもないバカね。嫌いじゃないけれど。

「今向かってるわ」

『えっ、ちょっ、それ蕎麦屋の出前と同――』

携帯電話の電源を切って新しいタバコを取り出し、ゆっくりと点火した。

窓を見上げたが、ピアニストはすでに去ったあとだった。

8 手押 奏

音楽のことなど何も知らない清掃員のくせに、勝手なことを言う。ステージでのんびりピアノを弾いている場合ではない。こちらはこれから、復讐の総仕上げを行うのだから。

タキシードから私服のシャツとジーンズに着替え終わり、奏は控え室を後にした。

あの二人がクリスタル・ブラウンのディナーショーをのうのうと楽しんでいることはわかっている。これから会場に行って、二人の楽しいドリームナイトを、漆黒の悪夢へと塗り替えてやるのだ。

「くっ」と、昏い笑みが漏れる。

鞄の中からコンビニのビニール袋を取り出し、照明に透かした。茶色い影が出口を求めて蠢いている。

この気色の悪いGを見つけたのは偶然のことだった。窓の下にいた清掃員が電話に出た直後、何気なく足下を見たところ、図々しくもそこにいたのである。明らかにこちらに気づいているにも拘わらず、まったく動こうともしなかった。

Gへの嫌悪と誠也への憎悪が心の中でせめぎ合い、僅差で憎悪が打ち勝った。その瞬間、復讐の導線に火がつき、自分が何をすべきか閃いたのである。

このGを、やつらのテーブルに放ってやる。

甘い囁きを交わす二人の席をGが這う。それこそ、秩序正しい世界というもの。他人への施しは、良くも悪くも報いとなってその身へと巡ってくるのだ。

ほとんど過呼吸のような引き笑いをして、一階のロビーからホテル自慢の庭へと出た。

クリスタルがちょうどステージへと上がったところらしく、客席からは盛大な拍手が沸き起こっている。

「こんなに気持ちのいい夏の夜に、こんなに素敵な場所で、幸せな一時を皆さんとシェアできることに喜びを感じています。まずは、愛し合う二人の歌を」

席を探している振りをしながら、誠也と恋人の姿を探した。客席はすでに暗がりに沈んでおり、二人を探し当てるのは容易ではない。

会場が、人々の興奮を孕んだ沈黙に包まれた。歌が始まる。期待値が沸点に達しようとした瞬間、スマートフォンが振動した。周囲の観客達から非難の視線が集中し、足早に客席を離れながら通話ボタンを押す。相手は鹿野森総支配人だった。

「もしもし？　いったい何なんです？　バイトなら終わりましたが」

ぞんざいな口をきいた奏に対し、鹿野森は低姿勢を崩さない。

「はい、このような電話を差し上げてしまい申し訳ありません。不躾なお願いにはなるのですが、手押様、本日、もうしばらくお時間をいただくことはできないでしょうか」

レストランのテラス席にほど近い木陰で、奏はいぶかしげな声を出した。

「なぜです」

「実は本日、当ホテルでライブがあるんです。クリスタル・ブラウンという歌手をご存知ですよね」

奏の無言を是ととったのか、鹿野森がつづける。

『実は彼が、今日のライブにピアノ伴奏を希望しているんです。手押様は初見でもかなり複雑な譜面を正確に弾きこなされますよね』

「それはそうですが、この後、予定があるので」

『そうですか? つい先ほどまで、ライブのお席を探されていたようにお見受けしたのですが』

見られていた?

とっさに左右を確認したが、辺りにはテラスで食事を楽しむ客の姿しか確認できない。

「別に席を探していたわけじゃありません」

『それでは、誰か特定の方をお探しでしたか』

見透かしたような声に、頭の片隅で警鐘が鳴った。

この女、一体何を知ってるんだ？

『お望みの場所に、今から席をご用意することも可能です。ただし、ピアノを弾いていただけたらの話ですが』

「でも、ステージにはピアノなんて」

遠目にも明るく照らし出されているステージには、先ほどまでラウンジで弾いていたスタインウェイが静かに運び込まれるところだった。ライブの一曲目がちょうど終わったところらしい。透明感のあるファルセットが夜空にのぼり、余韻(よいん)を残して消えていく。

ステージとは対照的に、夜の海のように暗い客席を見やった。このまま無闇に探し回っても、誠也の席にたどり着けるか覚束(おぼつか)ない。

『やっていただけませんか？　もちろん追加の報酬(ほうしゅう)も存分にお支払いするつもりです』

「僕の席なんて用意しなくて構わない。その代わり、知人がどの席に座っているかを教えていただきたい」

これが自分の声かと驚くほど、低く、掠れた声だった。勘の良さそうな鹿野森なら何かを感じ取ったはずだが、ホテルの利益と若いピアニストが何かを引き起こすリスクを天秤(てんびん)に掛けたのだろう。ややあったのち、固い声が返ってきた。

『わかりました。その方のお名前をください。演奏のあとにお伝えします』

「いいえ、演奏の前にお願いします。客の名前は、井川誠也です」

夏のぬるい風が、汗を冷やして通り過ぎる。張り詰めた一瞬のあと、鹿野森の小さなため息が聞こえた。

「わかりました。席は予めお知らせします。ただし、そこへ行くのは演奏のあとにしてくださいね」

「いいでしょう」

鹿野森に電話で指示されるままに、ライブステージの袖へと向かう。鹿野森本人が、スマートフォンを耳に当てたまま、手を上げて合図をしていた。挨拶もそこそこに、マネージャーだという女性に引き合わされる。

「こちら、武蔵(むさし)音大の三年生でピアニストの手押奏さんです。国際コンクールでのご経験も豊かで将来を嘱望(しょくぼう)されていらっしゃいます」

「こんな素敵な方、どうやって見つけてくださったんです」

「たまたま今日、アルバイトで弾きにいらしてたんですよ」

女二人の会話を無視して、スポットライトの当たる舞台を見つめた。復讐に気を取られて失念していたが、他人が主役とはいえ、こんなに本格的なステージは久しぶりである。にわかに、件の国際大会でのトラウマが首をもたげた。

「手押さん？　大丈夫ですか」

マネージャーから唐突に名前を呼ばれ、「ええ」と我に返る。

「こちら、クリスタル・ブラウンが希望している曲の譜面です。この中から二、三曲を選んで歌う予定ですが、詳しくは、本人が袖に戻ってきたタイミングで相談してください」

「わかりました。それじゃ、僕は一通り譜面を確認しておきます。それから――」

背後に控えていた鹿野森を振り返って念を押す。

「演奏中、あれがもう二度と出ないようにしてください」

鹿野森が、初めて申し訳なさそうに眉尻を下げた。

「承知しました」

「あら」

唐突に、マネージャーが甲高い声を出す。

「どうなさいました」

「いえ、クリスタルのスペシャル・ゲストが現れたので。ほら、見えますか？　一番前のテーブルに着席したの、俳優の福村雅也です」

一つ、思い当たる噂があった。クリスタル・ブラウンはいつも男性とスクープされているのである。

「もしかして福村雅也って、クリスタルさんの恋人ですか」

「いえ、まさか。ただの友人ですよ。撮影で意気投合して以来、親しくしていただいてるようです」

気がつけばマネージャーだけでなく、鹿野森までが動揺を隠せない様子で福村雅也に見入っている。

お堅いキャリアウーマンという印象だったが、彼女にもミーハーな一面があるらしい。

人気俳優に見入る女達を再び放って、譜面に目を通し始めた。恋の歌、しかも幸せな二人の日常について綴られた歌詞が多く、ページをめくるごとに紙を引き裂きたい衝動に駆られる。

しかし、真ん中あたりにさしかかった時、手をかけた譜面がひどく汚れていることに気がついた。それどころか、一度破り捨てたらしく、ご丁寧にテープで貼り合わせてある。

興味本位で歌詞に目を通し始めた奏の口元が、近頃では珍しく、嬉しげに緩んだ。

「いい曲じゃないか」

「そろそろクリスタルがここまで戻ってきます。短い時間ですが、お打ち合わせをお願いいたします」

声がけのすぐあとに、盛大な拍手に見送られてクリスタルが袖へと下がってきた。マネージャーからペットボトルを受け取るなり、水を飲み干している。ライブの充実感からか、汗を掻きながら微かに荒い息をつくクリスタルは、確かにスターのオーラをまとっていた。

「クリスタル、今日のピアニストを紹介したいんだけど」

「え、見つかったの」

「ええ、手押奏さんよ。手押さん、クリスタル・ブラウンです」

「よろしくお願いします」

手を差し出したクリスタルが、奏の手元に視線を移す。握りしめていたスコアに気がついたらしい。

「興味を惹かれる曲はありましたか？」

「ええ、これなんか、最高でした」

件の古びたスコアを差し出した途端、クリスタルの表情が一変した。

「一体なぜこれを？　どこで手に入れたんです」

「どこでって、マネージャーさんからいただいたものですけど」

「これは、世紀の駄作です。とても公で歌えるものじゃない。それより、これと、これと、これの全部で三曲、ライブの後半にいけますか」

メロディにも歌詞にも、音譜の間にも面白みを感じないハッピーソングだった。音楽という観点からいえば、世紀の駄作と呼ばれた一曲こそ抜きん出ているのに。

黙り込んだ奏の心の声を聞いたかのように、クリスタルが笑んだ。

「何を言いたいかはわかるつもりです。でも、今日はその曲じゃないんです。すみません」

「――いえ、こちらこそすみません。最高の舞台になるようお手伝いするつもりです」

奏の舞台はあくまでもスポットライトの当たらない闇のほうにある。今は一刻も早く演奏を無事に終え、あいつの元へ行かなければ。

「それじゃあ、合図をしたら出てきてくれますか」

「わかりました」

クリスタルが差し出してきた手をしっかりと握り返す。

力強く頷いたスターは、颯爽と光の中へと帰っていった。

第六章　Gショックに踊れ

1

泡村（あわむら）友梨香（ゆりか）

いくら高報酬とはいえ、急ごしらえの女王様ではそうそう相手の責め方がわからない。

いい頃合いで向こうから許しを乞われ、指定された内線番号に連絡を入れる段取りだったのにその気配もない。

一体、いつまで拘束（こうそく）されるんだろう。

未だ欲望にまみれた瞳をぎらつかせたまま床に転がっている雇用主を見下ろし、友梨香は短く嘆息した。

「こっちを見ないで。見ないでって言ってるでしょうっ」

発せられた声は、もはや女王様の台詞ではなく、ただの悲鳴である。軽いパニックに陥っていたせいか、ドアの外で響いていたノックにもしばらく気づかなかった。

「副支配人？　失礼します」

声を聞いた途端に、穀句があからさまに顔をゆがめた。

「むぐ、むぐううう」

しきりにデスクの裏のほうをあごでしゃくって指し示しているのは、自分をあそこへ移動させろという意味だろうか。うっかり生来の人の良さが出て、穀句の背中に手を添えてそっと転がそうと思った矢先、ドアが開いてしまった。

はっと首を巡らせると、小学校の守衛と言われても納得してしまいそうな好々爺が、掃除用具を満載したカートを伴って立っていた。

「失礼いたしました。私、清掃員です。今日、この時間に掃除するお約束になっていたので」

言いながら、清掃員の視線が友梨香と穀句の間を忙しなく往来した。

「もしかしてお邪魔でしたでしょうか、穀句副支配人」

「むぐう、むぐぐぐぐ」

穀句がほとんど涙目で何事かをわめいている。

「猿ぐつわを外して差し上げたほうがよろしいでしょうか」

口調は穏やかだったが、清掃員の声には有無を言わせない迫力があった。指の震えをどうにか押さえながら、ポマードでべとつく副支配人の後ろ髪を避け、固く結ばれた猿ぐつわを外してやる。

ぶはあと大きく呼吸をしたあと、穀句がきっとこちらをにらみつけ、次に清掃員へと視線を移した。

「か、会長、これは罠です。私はオ・ミリウのシェフに陥れられたのです」

清掃員が心配そうに身をかがめ、副支配人の顔をのぞき込んだ。

「私はただの清掃員です。失礼ですが、副支配人様は極度の混乱状態にあるようですね」

友梨香もそれには同意である。

「会長！」

「落ち着いてください。冷膳シェフがなぜこの忙しい夜に、副支配人におかしな真似をする必要があるんです」

「そんなこと、こちらが知りたいくらいですよ。しかし実際、私は彼と彼の部下にこうして手足を縛られ、おかしな女まで送り込まれて恥辱の限りを尽くされたんですよ」

友梨香の頬が、にわかに熱くなった。

恥辱の限りというのは言い過ぎである。多少、痛い思いはしてもらったが、それもあくまでサービスの一部として求められていたはずだ。はず、だが——。

「でも、お電話では、私に女王様になってほしいと言ってましたよね。もしかしてご迷惑だったんですか」

「当たり前だ。縛り上げられている人間を目撃した時点で、普通は警察に通報するだろう」

縠句が清掃員に訴える。

「そうか、やっぱり冷膳です。冷膳が私のスマートフォンを持っていって、私になりすましておかしな依頼をしたに違いありません」

「それじゃ、私は望んでもいない人に女王様の演技を？」

自分のあんな言葉やこんな振る舞いが思い出され、友梨香はその場にうずくまった。

「まったく、とろい頭だな。ようやく気がついたようだが君は犯罪者だ。状況が落ち着いたら警察に突き出してやる」

「そんな」

目を剝いて訴える縠句を前に、これまでの友梨香なら容易にパニックに陥っただろう。しかし、ちゃきちゃきの親兄弟や親戚（しんせき）ならともかく、まったくの他人であり、人間的にも尊敬を抱けない相手からとろいと評された刹那（せつな）、友梨香の胸の底で、長年の鬱屈（うっくつ）を押し込めていたとめがねが静かに外れた。

「そんなこと、できると思ってるの」

湧いてきたのは、申し訳なさよりも、この男にはしつけが必要だという冷然とした決意である。

自分でも気がつかないうちに、友梨香は傲慢（ごうまん）に口元をゆがめていた。

「そんなことをしたら、自分が困ったことになるんじゃないの。女子大生のアルバイト代に五十万円。一体なぜこんなに高額なのか、警察から追及されたら、どう言い訳するつもり」

目を白黒とさせている穀句の代わりに、清掃員が口を開いた。

「ははあ、五十万円、それは大金です。私の日当の五百倍ですからね。このプレイを依頼していないとしたら、一体なぜ彼女にそんな大金を？」

清掃員の視線が鋭く尖った。

奇しくも先ほど姿を消したGが目の前へのこのこと戻ってきて、友梨香と清掃員、穀句が作り出す三角地帯のちょうど中心に止まった。

Gの歩みは遅く、やたらと触角を蠢かせて辺りをうかがっている。

なんて醜いの。

気がつくと友梨香は、清掃員に尋ねていた。

「ティッシュか何か貸していただけますか」

怪訝そうな顔をした老人はしかし、床に視線を落としてすべてを理解したらしい。

「どうぞ、お嬢さん」

差し出されたのは、『GRAND SEASONS』と白糸で刺繍が施されたいかにも質のよさそうなハンカチだった。光沢のある布を惜しげもなくGの上へとかぶせたが、相手はなぜか歩みをとめたまま布の外へ出てこようとしない。

憎しみが一気に膨張した。

自分の世界から飛び出せない臆病者。東京生まれ、東京育ちの、田舎者。生まれた時から台詞のもらえない脇役。ただ辺りをおどおどとうかがってるだけの陰気な自分。

そんな私も、確かに私。そんな私だからこそ、見えた景色もある。

今までありがとう。

だけど、そんな私なんて、もううんざり！

右足を大きく上げて、ハンカチの膨らみへと細く尖ったヒールを一気に落とす。

音もなくハンカチが凹んだ。

ゆっくりとヒールをあげてみると、純白だった布には、薄汚いシミが広がっている。

やった、の？

真っ先にこみ上げてきたのは、嫌悪感（けんおかん）ではなく、これまで感じたことのないほどの大きな達成感だった。

しつけが必要だったのは、自分自身だったのだ。

「私、もう行きます」

バッグを持ち上げ、清掃員の脇を通り過ぎる。

呼び止める声は、聞こえなかった。

2 霧吹太治

再三の着信にもかかわらず、鹿野森が一向に電話に出ない。

今回も無視かと太治があきらめかけたその時、ようやくスピーカーの向こうから声が返ってきた。

『もしもし』

「総支配人、なぜ電話に出ないんですか」

『あなた、今どこにいるんだっけ』

応じる声はあからさまに不機嫌だったが、こちらにも引けない事情がある。

「だから、市川様のスイートですよ。今、人とGの壮絶なドラマが繰り広げられてるんです」

ドラマはドラマでもメロドラマ。昼ドラもびっくりの超展開である。

正直、Gという存在があれほど賢いとは思わなかった。あるいは、ビッグGが特別なのか。主にとって一番という自分の地位を脅かす女を正確に認識し、八方からゲリラ戦を仕掛けている。その隙のない戦いぶりは、下手な人間より知恵が回るのではないかと唸らせるものがあった。少なくとも、人間である菊子よりはよほど冷静に思える。

「この泥棒猫！　姿を見せなさいっ」

「聞こえましたか。例の女は、もう精神が崩壊寸前です。相手は猫じゃない、Gですよ?」

鹿野森のため息が聞こえる。

『彼女、蜚蠊さんと付き合ってるのよね。私が話した時は、蜚蠊さんが私と浮気してるって信じ切ってた』

「今はビッグGが浮気相手だって騒いでますよ。あながち間違いじゃない気もしますけど。というか、暢気に話してる場合じゃないんですって。姫黒さんを呼んでください。あの人、さっきから電話の電源を切っちゃってて全然出てくれないんです」

『わかったわ、対処する』

このホテルでアルバイトを初めてもう一年が経つ。さすがに鹿野森がどの程度の熱意で放った言葉かは察せられるようになっていた。

「対処する、対処するって、呼ぶ気なんてないじゃないですか」

『霧吹君だって知ってるでしょう? あの人をこちらの思う通りになんてできないって。それに、そっちに姫黒さんを送り込んでどうするの? あの人、Gを見たら即殺そうとするのよ? ビッグGを殺っちゃったら、それこそ大問題じゃないの』

「だったら、せめて鹿野森さんが来てくださいよ。どうするんですか、この事態」

折しも菊子の絶叫が響き、スピーカーの向こうへも伝わったようである。

『今夜の私は身動きがとれないの。ところで、市川様はどうされてるの』

「大笑いしながら観戦してますよ」

『地獄に堕ちればいいのに』

低いつぶやきは、太治の聞き違いだろうか。

再び、耳をつんざくような菊子の絶叫が響き、気がつくと通話は途切れていた。

「だから東京は嫌いなんだ」

首を振って、騒ぎが起きている部屋へと戻ってみれば、目を血走らせた菊子が、ビッグGの攻撃を、闘牛士さながらの鮮やかさでひらりとかわしたところだった。

「ワンパターンなのよ」

言いながら華麗にターンし、スイートルームの二重サッシを流れるような仕草で全開にしている。ぽっかりと開いた窓の向こうには都心の窓の光が集積し、まるで異次元への扉のようにも見えた。その向こうへと、勢い余ったビッグGが吸い込まれるように消えていく。

蜚蠊が「あ」と口を開いた。硼酸次は、食べていた菓子のかけらをぽろりと口の端からこぼした。太治も、こめかみから血がさあっと下がっていくのがわかった。

窓の向こうから、クリスタル・ブラウンの憂いを帯びた歌声が響いてくる。

〝わたしの知ってるあなたは、誰だったの〟

さほど流行歌に興味のない太治でも知っている大ヒット曲である。

「なんてことを！　ビッグGが外に出ちゃったじゃないか。あたしの儀式はどうなるんだ」

「知るか」

高みの見物を決め込んでいた硼酸次に、菊子が高笑いを浴びせる。

放心状態だった蜚蠊が、弾かれたように立ち上がった。

「ビッグGっ」

叫びながら、まっすぐにドアへと駆け出す。その背中に憎しみのこもった一瞥(いちべつ)をくれたあと、菊子もまた走り出した。

「行かせるかあああ」

「明日の舞台が、明日の舞台があああ」

硼酸次も二人の後を追って部屋を出ていく。

もはや収束の糸口さえ見えない事態を前に、太治は久しぶりに強い郷愁(きょうしゅう)に襲われていた。

所詮、俺には無理だったのだ。田舎でよく言われていたように、東京は恐ろしいところだ。

〝私の知ってるあなたは、誰だったの〟

知るかよ——そもそも東京は、知らない人間だらけだ。

やけっぱちで外に目をやる。ビル群の灯りが、じんわりと滲んでいった。

3
冷膳（れいぜん）　亘（わたる）

調査員は、満足のため息とともに盛大な拍手を舞台に送っている。

あれほどライブに熱中しながら、料理の味など真剣に調査できるのかといぶかりたくなるほどである。シェフとして、屈辱以外の何ものでもなかった。

「そろそろのようです」

厨房からの連絡を受けて、隣に並び立っていたホール責任者が冷膳に耳打ちをした。

メインを準備する頃合いなのである。

もちろん下準備は終えてあるが、調理から盛り付けまでは自分がやると伝えてあった。

内心の動揺を押し殺しながら、ギャルソンの格好のまま厨房へと戻る。

今夜の魚料理はオマール海老（えび）のグリエ、肉料理は子羊のローストだ。幸い、二品ともまだ味覚があるうちにソースの味は調（ととの）えてあったが、焼き加減や付け合わせの夏野菜のエテュベに関しては、これから自らの感覚で見定めなければならない。

気温、湿度によって火の入れ具合を調節し、最終的には塩胡椒（しおこしょう）で最大限に味を引き出す。単純な作業のようだが、世界トップレベルのアスリートがゼロコンマ以下の精度で頂点を争うように、料理人には料理人のゼロコンマ以下が存在する。

その戦いを味覚と嗅覚なしで行うなど、ほとんど自殺行為である。それでも、事態は待ったなしで進んでいった。

「グランシェフ、こちらにご用意してあります」

すっきりと片付けられた天板にオマール海老が鎮座しており、その脇に、塩胡椒のみがシンプルに置かれていた。

下処理を済ませたオマール海老をグリルに入れようとして、さすがに手が震える。

下手を打てば自身のシェフとしての評判は地に落ち、グランシェフとしてこのホテルで腕を振るうことは難しくなる。そんな極限の一皿でギャンブルを打つほど、冷膳の肝は据わっていない。感性のもっとも柔らかな部分を駆使して仕事をしているのだから、肝の細さを責められても困る。

「すまない、少し休憩だ。すぐに戻る」

「しかしグランシェフ、もう時間が」

「すぐに、戻る」

強引にスーシェフを説き伏せ、件の瞑想部屋へと急いだ。

リネン庫の扉を開き、大股で奥まで進んだのち、瞑想部屋のカーテンを引いた。中へ駆け込もうとしたところで、座り心地のよい座椅子の上に、見知った顔が居座っていることに気がつく。

「そんなところで何をしているんです」

「ちょっと休憩よ。あなたこそ、あたしの秘密基地で何を」

長い脚を伸ばし、ゆったりと寛いでいたのは、姫黒マリだった。

「ここは俺の瞑想部屋です。この座椅子もカーテンも俺が用意したものです。あなたの秘密基地じゃない」

「ちょっとした冗談よ。そう、あなたがこの部屋を。申し訳ないけど、少し休ませてもらったわ。私はもう行くからどうぞ」

「次はどこへ」

姫黒の行くところ、Gの出るところである。

「厨房よ。総支配人の反対勢力が、Gをまとめてホテルに放ったの」

冷膳は黙って頷いた。

「驚かないのね」

「犯人は副支配人ですよ。解雇された元コンプレ係を雇ってやらせたんです」

姫黒の目が微かに見開かれる。訝しげな視線は、なぜ冷膳がそんなことを知っているのかと無言で問いかけていた。

「事情はあとで説明します。それより、今回は数が多そうだ。どうやって駆除するんです」

「裏にひそんでいるのは、害虫駆除会社が殺るわ。あたしの仕事は表に出てきたGの迅速な処理。だとしたら、向かう先はただ一つ。食べ物と湿気のある厨房よ。もう『太閤』と『三和』、それに『モデラート』の分は片付けたから、残りはお宅のところだけ。最後の仕上げは、ガーデンね」

太閤はチャイナ、三和は和食、モデラートはイタリアンである。しかしよりによって、なぜ今夜が山場のオ・ミリウを最後に回したのか。瞳に恨みがこもったのを察したのか、姫黒が超然とつづけた。

「さっき、残酷なやり方でGを逃がしたのを覚えているかしら？　Gはね、仲間同士でコミュニケーションが盛んなの。ああしておけばこの辺りは恐ろしい場所だと、Gのコミュニティで噂を広めてくれたはず。あれで、少し時間を稼いだの。あの時あなたが見守っていた人、大事なお客様なんでしょう」

「コミュニティって、あいつらにそんな知恵がほんとにあるんですか？」

質問には答えず、姫黒は見透かすような瞳を冷膳へと向けた。

「あなた、今夜は大事な夜だとかなんとか言ってなかった？　こんなところで油を売っていていいの」

「僕のことはいいじゃないですか。それより一刻も早くGを――」

「どうしてこんな小部屋を、こんなへんぴな場所に？」

「それは人間、トップに立てば一人になれる場所が必要になりますから」

「嘘ね。本当は追い詰められてるんでしょう」

「何を根拠にそんな」

抗議の声が尻つぼみになっていく。

「何とかしてあげるから、あたしについていらっしゃい」

冷膳の返事を待たずに、姫黒が出口へ向かって歩き始めた。冷膳が当然ついてくるものとはなから疑ってもいないようである。

何とかしてあげるだと？　専門医を渡り歩いてもどうにもならなかったのに、素人にどうにかできるはずがない。

毒づいてはみたものの、このまま小部屋で瞑想を行っても状況が改善する見込みは薄かった。おそらく三十分もしないうちに、シェフとしての冷膳のキャリアは地に堕ちる。

どっちにしても失敗するなら――冒険のほうを選ぶべきか。

迷う間に、これまでのシェフ人生がフラッシュバックした。

恩師を裏切るように日本のレストランを退職し、船便で渡仏した若き日。同僚達と切磋琢磨したシェ・キャファールでの修業の日々。初めてシェフとして呼ばれて客の前に出た夜。ハリウッドスターが訪れた夜は、呼吸も忘れて調理に没頭した。

一皿への、いや、一口への情熱だけが、冷膳を突き動かしてきた。この炎を、生きる意味を、己の弱さで消したくはない。

唇を引き結び、姫黒の背中を追いかける。

リネン庫を出た直後、姫黒がぴたりと歩みを止めた。

「どうしたんです？」

「思ったより早くお出ましよ」

姫黒が視線を落とした先に、赤みがかった茶色のＧがいた。人工物ばかりの建物の中には異物でしかない、悍ましい生物。遺伝子レベルで刻み込まれた、人類有史以来の敵。

「くそ、こんな廊下にまで」

「あれはあなたが抱えている問題そのものよ。ご覧なさい、あの茶色い生物を。忌まわしいと思わない？」

姫黒の大きな瞳は磁力を帯び、冷膳の意識を吸い寄せるようだった。自白剤でも飲まされたように、唇から勝手に言葉がこぼれていく。

「ストレスで味覚と嗅覚が飛んでる。料理の味がまったくわからないんだ」

「それは大問題ね」

肩を竦めてみせた姫黒は、言葉とは裏腹に、そうたいした問題とも思っていないようである。

「本当はプリンセス・ドリルを皆伝したいところだけれど、シェフにそんなことをさせたら、あのお嬢さんが卒倒してしまうわね」

代わりに渡されたのは、殺虫スプレーの缶だった。

「さあ、殺りなさい。命よりも大切な感覚を奪っている元凶を」

あれが、俺から味覚と嗅覚を奪ったもの？

キョロキョロと辺りをうかがい、どちらへも動けずにうずくまっているあいつが？

失敗への恐怖か、それとも星なしには己の評価に自信を持てない軟弱さか。

あんなものを抱えているせいで、俺は大事な感覚を失っているのか？　胸の躍るような冒険と引き換えに、あんなものを心に飼っていたのか。

怒りが湧いてきてもいいはずなのに、感じられたのは、喜びを犠牲にして走りつづけてきた己への哀れみだった。

これほど、自分を追い詰めていたなんて。

そういえばいつからだったろう。料理を楽しいと思えなくなっていたのは。美味しいという客の言葉を鵜呑(うの)みにできず、どうせ雑誌の評価に追従しているだけだろうと、心を守るようになったのは。

自分に寄り添った時、眼前のGに愛おしささえ感じてしまう。

「悪かったな、今まで無視してて」

語りかけると、憔悴(しょうすい)して見えるGがゆっくりと靴の先へ向かってきた。

そう、これは慈悲(じひ)だ。俺が俺に与えてやれる最高の贈り物だ。

包丁を握る代わりにスプレーを握り、静かに構えた。同時にそっと利き足を上げ、相手を見下ろす。

Gが、銀色の缶へと視線をやった、ように見えた。そのせいで、緊急時の敗走体制に入るのが遅れたのだろう。佇むGに向かって殺虫剤を噴射すると見せかけ、上げたままだった利き足のかかとを一気に振り下ろす。

ダンッ！

子牛の腿（もも）を骨ごと断ち切ったような、物騒な音が響きわたった。

靴の下のGは、何が起こったのかわからないうちに逝（い）ったはずだ。冷膳なりの命への尊重である。

静まりかえった廊下に、冷膳の荒い息のみが響いている。

「殺った」

誰にともなく告げたあと、深呼吸をする。次の瞬間、これまで遮断されていた匂いが一気に押し寄せてきた。唾を飲み込んでみれば、唾液の甘みがじんわりと舌先に残る。

同時に、ある記憶が立ち上ってきた。

子供時代、仕事の忙しかった母親を喜ばせようと、限られた材料を前に、家の小さな台所で夢中になって創意工夫をこらしていた。

冒険、そう、料理は少年にとって冒険そのものだった。なぜ、この感覚を忘れていたのだろう。

「その靴（くつ）、捨てておきましょうか？」

「大きな借りができましたね」

「そんな重荷はお断りよ」

姫黒に感謝の眼差しを向けて靴を託したあと、厨房へと駆けつけた。

「グランシェフ！　急いでください。もう時間が――靴はどうしたんです」

「いいから急いで材料を準備してくれ。予定変更だ。メインで思い切り遊びたい」

「今から？　正気ですか」

言葉とは裏腹に、スーシェフの瞳は研ぎ立ての包丁のように輝いている。

こいつにこんな顔をさせたのはいつ以来だろう。

そういう自分の顔も笑っていることに気がつき、冷膳は軽く咳払いをした。

4　市川硼酸次

最近、痛むようになった腰をさすりながら、硼酸次は毛足の長すぎる絨毯の上を駆けている。

「待ちなさい！　菊子さん、落ち着くんだ」

「落ち着けるわけないでしょうっ」

運動などしたことのなさそうな細い脚を前後させながら、菊子が疾走していく。

自ら庭へと放り出したビッグGを追いかけ、このままトドメを刺すつもりのようだ。

「菊子さん、ビッグGに何かしたら、いくら君でも僕は」

「おまえは黙ってなさい！」

さっき追い抜かした蜚蠊を振り返って一喝したが、蜚蠊も黙っていない。

「師匠こそ黙っていてください。これは僕と菊子さんの問題だ」

「何を言う、これは明日の公演の問題だ」

非常階段の扉を開け、菊子が風のように降りていく。

このまま追いかけたいのは山々だったが、さすがに一階まで駆け下りればそれこそ明日の公演に支障が出る。

「お二人とも、他のお客様のご迷惑になりますので大声だけはおやめください」

霧吹の声は、涙混じりである。

正気とも思えぬ形相で、蜚蠊が菊子の後を追っていった。

「私はエレベーターで向かうよ」

呟いた自分の声が、年寄りじみていてぎょっとさせられる。

隣に並んだ霧吹が、下降ボタンを押したあとで仄暗い瞳を向けてきた。若者の危うい眼差しに、意識せず一歩下がる。

「市川様、市川様にとって東京とはどういった場所ですか」

「何を言うんだい、こんな時に」

開いたエレベーターの扉に、上半身をねじりこむようにして乗り込む。霧吹もあとに続き、一階のボタンを押しながら、ごく真剣な瞳でこちらを見上げてきた。

やれやれ、難儀な夜だ。

「東京がどういう場所かって？　そりゃ、がちゃがちゃと五月蝿い、煩わしいことの多い、とんでもない街だよ」

「そう、ですよね」

霧吹の声は、それでもホテルマンかと叱責したくなるほど気怠げだ。

「君、田舎はどこなの。それとも東京生まれ？」

「岩手です。田舎に帰って、地元の公務員試験でも受けようかと」

「なぜ」

「東京には、なんでもありますが、誰もいません」

「ふん、なるほどねえ」

来る者を拒まず、去る者を追いもしない。東京は、とことん人に無関心だ。しかしそれは、どの場所でも同じではないだろうか。

「市川様は、生まれも育ちも東京でしたよね」

「ああ。私は、いま田舎に住んだらとことん退屈するだろうね」

「退屈、ですか」

呟いたきり、霧吹は黙りこくる。

「私は面倒くさがりだからね。自分が何もしなくても勝手に事が巻き起こる東京にいるのが楽しいんだよ。君だって、ただホテルで働いてるだけで、おかしな人間達が起こしたこんな騒動に巻き込まれたろう。楽しくなかったかい。今夜のは特別滑稽だったよ」

エレベーターが一階へ到着し、通いなれたロビーラウンジが眼前に開けた。

「さあ、東京のとんでもない夜はこれからだ」

振り返ると、霧吹が諦めたようにエレベーターの箱から出てくる。

彼が打ち明けた青春の苦悩は、硼酸次に春先のつくしを見つけたようなほっこりとした暖かさを感じさせた。しかし、自分はその日だまりに留まっているわけにはいかない。この先に待つぎらつく戦いに勝利して、何が何でも舞台を成功に導かねばならない。

「市川様、待ってください」

「待てないよ。ほら、あの女がいる」

菊子と蜚蠊が、まっすぐにホテル自慢の庭へと歩を進めていた。

ゴ〜、キ〜ブ、リ〜♪

クリスタル・ブラウンの透明な歌声が響く。多分、幻聴だ。ストレスは、胃痛と幻聴の母である。

「どうしてみんな中庭に集まってるんだ？　姫黒さんまであんな格好で」

「姫黒？」

霧吹の視線の先をたどると、超然とした雰囲気を纏い、中庭を闊歩する女がいた。

息が止まる。日々衰えつづけている心臓が、力を振り絞って早鐘を打つ。

「なぜ、なぜあの人がここに。君、彼女を知ってるのか」

「ええ。一応、師匠ですから」

「師匠？　君は歌手でも目指しているのかい」

しかし、アーティストを目指す若者に特有の精神の尖りが、彼には見受けられなかった。あるいは単に、才能の欠如かもしれないが。

「ですから、僕が目指してるのは地方公務員です」

「ああ、そうだったね」

狐につままれたような気持ちのまま、再び前方に目を遣った。

かの人は黒の夜会ドレスに身を包み、その裾は、宵闇が空にひくカーテンのようにスパンコールの光を煌めかせ、ひらひらと舞っている。

夜会巻にした黒髪を彩るのはやはり黒羽の髪飾りで、彼女の凜とした佇まいを引き立てていた。

これはまさに、真夏の夜の夢だろうか。

この歳になっても忘れられない女性――姫黒マリがすぐ目の前にいる。それも当時とほとんど変わらぬ姿で。誇り高さと華やかさ、それらに恵まれた人の傲慢さを纏って。

ビッグGのことが頭からすっかり抜け落ち、気がつくと硼酸次は、足をもつれさせるようにして駆けていた。

「マリ、待ってくれ、マリっ」

ゆっくりと立ち止まった姫黒が、硼酸次に視線をよこした。硼酸次の背筋にぞくりと疼きが走る。

いったい何年ぶりだろう。あの冷たい瞳に自分の姿を映してもらったのは。

「何をそんなに急いでいるの？　落ち着きなさいな」

「それが数十年ぶりに再会した相手にかける言葉なのか」

先週会ったばかりの相手でも、こんな風に偶然出会えばもっと愛想良く驚いてくれそうなものである。相変わらずの姫黒の態度に、喜びと落胆の両方を抱いて立ち尽くしていたところへ、一番触れてほしくない質問が飛んできた。

「一体、何の用でここへ？　ああ、ライブを聴きにいらしたの」

「それは――」

ビッグGのことを正直に告げることなど、当然できない。苦し紛れで頷いてみせた。

「そう、そうだよ。ライブに来たんだ。な、霧吹君」

あとをついて来た霧吹に視線で圧をかけると、霧吹が目をすがめた。

「そうです」

抑揚のない声だが、一応、硼酸次の嘘に乗ってくれたようだ。

「霧吹、今すぐあたしにもライブの席を用意して」

「それなら、いっしょの席に座ればいい。霧吹君、用意できるだろう」

投げやりな頷きのあと、霧吹が「しばしお待ちを」とだけ告げて去っていった。

硼酸次と姫黒の視線が、ゆっくりと絡まる。

〝あの日に戻れたら〟

クリスタル・ブラウンが何の因果かそんな歌詞を歌い上げた。

月に照らされた庭が、あの日からほんの一時しか経っていないような錯覚を抱かせる。実際、硼酸次の前から姫黒が忽然と姿を消したあの日から、彼の時間は止まったようなものだった。

姫黒の視線が、芝生(しばふ)へと移った。かと思ったのも束の間、素早くしゃがみ込み、次の瞬間には元の体勢に戻っている。

「何か落とし物でも？」

「いいえ、ゴミを見つけたものだから」

見ればクラッチバッグにゴミを包んだらしいティッシュをしまい込んでいる。

そういえば、昔からきれい好きな人だったことを思いだした。

「君はどうしてクリスタル・ブラウンのライブへ？　何かつながりがあるの」

「今をときめく男性ヴォーカルだもの、つながりなんてないわ。あたしはあたしで、別の仕事をしているだけ」

「別の仕事って、それじゃ歌はどうしてるの」

「気が向いた時だけ空に聴かせているわ」

「何を言ってるんだ、君の歌声はこの世界の宝だ」

姫黒は硼酸次の声など聞こえなかったかのように、仏頂面(ぶっちょうづら)で戻ってきた霧吹に尋ねた。

「席はどこ」

「こちらです」

さっさと歩き出した姫黒の背中を追いかける。若かりし頃の自分とまったく同じように。

「姫黒さん、それで、あれのことはどうなさるんです。そろそろ気がつくお客様が出てきそうな勢いですが」

「蜚蠊の坊やを探して、特製の餌をもらってきて。それを、なるべくステージのそばへ配置してほしいの。あの辺なら明るいから仕留めやすいわ」

「そういえば蜚蠊さんはどこにいったんだろう」

「君たちは一体何の話をしているんだ。なぜうちの蜚蠊とマリが知り合いなんだ」

「市川様、本日、儀式を行えるかどうかは姫黒さんにかかってるんです。少し黙っていてください」

霧吹がこちらを冷ややかに振り返った。

「何を言ってるんだ」

混乱を抱えたまま、特等席とも言えるステージ間近の席へと案内された。

「それでは今日のスペシャルゲストを紹介します。将来を嘱望された若きピアニスト、手押奏君です」

盛大な拍手の中、スポットライトを浴びてピアニストが現れる。ステージ慣れしていないのか、表情が異様に硬い。

これはダメだろう。

同じ舞台に立つ硼酸次にはすぐにわかった。明日は己があの表情を舞台に晒すことになるかもしれない。

「ついに出てきたわね」

霧吹の引いた椅子に着席するなり、姫黒が満足気に目を細めた。その横顔はさながら夜を統べる女王のようである。

硼酸次は、ごくりと生唾を呑み込んだ。

「マリ、君はあのピアニストとも知り合いなのか」

「ええ、ほんの少しね。なかなか見込みのある子なのよ。テクニックなら優れた指導者がいくらでも教えてくれるでしょうけれど、音に込める熱だけは誰にも教えられない。彼はそれを持っているの」

「ああ、さっきラウンジで聴いた『運命』は素晴らしかったですね。怨嗟に満ちていて」

「霧吹、君にのんびりしている暇はないの。早く餌を仕入れてきて」

「わかりましたよ」

霧吹が不満を隠そうともせずに、去っていく。なぜ姫黒とそんなにも近しいのか、硼酸次にはまったくわからない。ステージ上のピアニストといい霧吹といい、見目の悪くない若い男たちと姫黒の関係が気になった。

「それでマリ、あなたは今どんな仕事をしているの」

「しーっ」

ちょうどピアノの演奏が始まったところだった。

ステージに注がれる姫黒の瞳はにわかに熱を帯び、硼酸次の姿はスポットライトの外に沈んでいる。

二十代の青年のように、硼酸次の胸に水気の多い切なさが満ちた。ピアノの紡（つむ）ぎ出す美しい音が、押し込めてきた感情を静かに揺さぶってくる。

ようやく見つけたのに、この人は僕に言葉を発することさえ許さないのか。

たまりかねて、焦（こ）がれつづけた細い指へと手を伸ばしたが、硼酸次の指先は見事に空を切った。

パン。姫黒がテーブルに手の平を押しつけ、素早く手首を回転させたのである。

「いったい何を」

硼酸次など存在していないかのように、姫黒は淡々とテーブルの上のそれを始末しはじめた。

どくんと心臓が跳ねる。

「今のはまさか、ビッグＧ――」

ようやく、姫黒がこちらへ視線をよこした。瞳には侮蔑の色が浮かんでいる。

「ビッグＧはこんな小物じゃないわ。それより、ビッグＧを知っているなんて――まさか儀式を行ってるＶＩＰというのはあなたなの」

「それは」

硼酸次の目が泳いだ。昔から彼女の前で嘘などつけた試しがないのである。

「呆れた。あなた一人のためにどれだけの人に迷惑がかかっていると思うの。なぜそんな儀式を？」

「君だって知っているだろう。私の肩には大勢の人の生活がかかっている。座長として、舞台を失敗するわけにいかないんだよ」

「舞台の成功と特大のＧに、一体どんな関係があるっていうの」

そう問われれば、ジンクスだとしか説明のしようがない。口ごもる硼酸次に対し、姫黒がずっと向こうの暗がりのほうを指差してみせた。

視線を向けると、誰かが佇んでいる。

「あれは、うちの蜚蠊かい？」

「殺りなさい」

「殺るって、蜚蠊が何をしたっていうの」

「バカね、Gのほうよ。ビッグGは、必ずあの坊やを探してそばに来るはずよ」

長めの前奏が終わり、クリスタル・ブラウンの歌が会場を包み込む。

〝まだ君は気づいていないね　大事なことに〟

その声を聴き、硼酸次は雷が打たれたように、とある事実に思い当たった。信じたくないが、そうでなければ説明がつかない。

「マリ、君、君こそ、なぜビッグGや儀式のことを知ってるんだい」

声が震える。稀代の歌姫が、ずっと想い続けてきた女神が、まさか――。

「なぜって、私はホテルが雇ったGハンターだからよ。どこかの愚かなVIP客の儀式で、万が一にも特大のGが逃げ出した時や、殺虫剤を使えない場所にGが出没したら、私が殺るのよ」

夜の闇が濃度を増していく。たぶん世界滅亡というのは、今の世界が滅びるなどという大げさなものではなく、焦がれた女が歌を捨て、Gを殺して生計を立てているという事実を知る瞬間のことだったのだ。

「何をしているの、硼酸次。早く殺りなさい。そうしたら、おかしな儀式なんてなくても舞台に向き合えるようになるわ」

「いいや、おかしいのは君のほうだ。なぜシャンソンを捨てたんだ。今すぐGハンターなんて仕事は辞めてシャンソンを歌いなさい。生活のためなら私がなんとか」

ぞっとするほど激しい怒りを込めた眼差しを向けられ、硼酸次はつづく言葉を呑み込んだ。

「あたしはこの仕事に誇りを持ってるの。シャンソンを捨てた？　あなた、相変わらず何もわかってないのね」

　ついて来いと言わんばかりに姫黒がすっくと立ち上がり、あごをしゃくってみせた。つんとそった鼻のラインが、昔と変わらず男心をそそる。あれから幾人もの女性と浮名を流してきた硼酸次だが、姫黒ほど傲慢な仕草が似合う女はついぞ見つからなかった。

　マスコミは好き放題にあることないこと書きたてたが、あの時、彼女さえ頷いてくれたら、自分はすべてを捨てて彼女と生きるつもりだったのだ。

　魅（み）せられたまま、席から立ち上がる。颯爽と歩き出した姫黒の後ろをふらふらとついていった。遠ざかる背中を泣きながら追う悪夢を、この数十年で幾度見たことだろう。

　蜚蠊からGの餌を調達してきたばかりの霧吹が、こちらに気がついて立ち止まった。

「今からちょうどお届けするところだったんですけど、お二人はどちらへ」

　説明している暇もなく、ただ犬の子を追い払うような仕草をして通り過ぎる。むっとしている霧吹に、姫黒が振り返らずに言った。

「あなたも、いつまでもぐじぐじと文句ばかり言ってないで、自分の手で殺ってごらんなさい。Gを東京だと思えば、いくらでも殺れるはずよ。あるいは」

　さっと立ち止まった姫黒が、思わせぶりに間を置いた。

「あいつを、東京を憎むしかない哀れな自分の化身（けしん）だと思えば、より上手に殺れるかもしれないわね」

「なっ」

目を白黒とさせる霧吹を置き去りにして、今度こそ姫黒が行く。

「待ってくれ」

硼酸次は必死に姫黒を追い、姫黒を追いかける硼酸次を、もの悲しいピアノの旋律だけが追いかけてきた。

5 霧吹(きりふき) 太治(たいじ)

太治の手の中には、たまらぬ臭気を発する蜚蠊特製の餌がある。五十日目のカレーならこんな匂いにもなろうか、というもはや呪物(じゅぶつ)である。ビニール袋に入れてきつく口を縛ってあるが、鼻を刺すような臭みが絶えず襲ってきた。

「バカにするなよ。俺が東京を憎むしかない哀れな男だって?」

ホテルがもっとも華やかさを纏う夜、太治はただライトの外に立ち尽くすしかない己を本心では自覚し、ギュッとビニール袋を握りしめた。

一体、何だって言うんだ。東京を謳歌してるやつがそんなに偉いのか。俺は東京人が経験し得ない子供時代を送ってきた。野山を駆け巡り、夏の朝には蜜(みつ)を塗ったクヌギの木でカブトムシを獲り、海で泳いで真っ黒に日焼けした。冬は田んぼに積もった雪でスキーを楽しみ、ゲレンデでは直滑降で恐れ知らずの滑走を楽しんだ。土踏まずは豊かなカーブを描き、砂浜を駆けて培われた体幹は震度三ほどの地震までなら片足立ちでも耐えられるほどしっかりしている。獲れたての高級魚や新鮮な季節の山菜も、もぎたてのフルーツ類だって、ご近所さんが玄関前に大量に置いていってくれた。

しかし――。そんな風に必死でしがみついていた田舎育ちの優位性を、大学で知り合った東京育ちの同級生達はあっさり打ち砕いてくれた。

彼らは田舎の少年が図鑑でしか見たことのなかったヘラクレスオオカブトを飼いながら育った。美術館や博物館で世界を広げ、夏のキャンプで海や野原を駆け、普段は体操教室で効率的に土踏まずや体幹を養い、サブカルや良質な音楽に触れて感性を磨きながら、背筋の伸びた青年になっていた。田舎では手に入らない高級魚を築地で、最高級のフルーツをデパ地下で手に入れてきた。

結局、そういうことなのだ。文化的な土壌が違いすぎる。今からどう背伸びをしたって、自分から田舎者の烙印は消えず、東京を第二の故郷だと思える日はやってこない。

もう田舎に帰ろう。家から大卒が出ると万歳三唱で喜んでくれた両親には申し訳ないが、精神が壊れる寸前の息子を見たら、きっと「お帰り」と抱きしめてくれるだろう。

クリスタル・ブラウンと手押奏が、いったんステージ袖へと下がっていった。手持ち無沙汰のまま、硼酸次と姫黒が席を外したステージ前の特等席に腰掛ける。

「霧吹君？」

背後でおずおずとした声が響いた。振り向くと、先ほどエレベーターで偶然再会した泡村友梨香がすぐそばに立っていた。

「まだいたんだ。バイト、終わったの？」

「前から思ってたんだけど、霧吹君、私のこと嫌いだよね」

バイトのためなのか、こちらを軽く睨む友梨香の目には、らしくないどぎついアイラインが引かれている。

「別にそういうわけじゃ。ただ接点がないってだけだろう」

育った環境から何から異なる友梨香とは、もうすぐ物理的にも距離が離れる。田舎に帰ったら、死ぬまで思い出さないであろう縁遠い相手だし、向こうにとってもそうだろう。

「私のこと、東京出身を鼻にかけた、いけ好かない女だって思ってるのは知ってるから」

「わかってるなら、どっか行けよ。俺はここでやることがある」

こちらへ近づいてきた友梨香が、鼻をひくつかせた。手元にある餌の臭気が届いたらしい。

「それは？」

「泡村には関係ない」

ビニール袋をそっと背中へと隠した。

「何をするつもり？」

「だから、関係ないって。ただの仕事だよ」

「こんなステージに近い場所で？」

「これ以上は言えない。人が少ないほうがいいんだ」

嫌みったらしい言い方をしたのに、友梨香は立ち去ろうとしなかった。

もうすぐ、この餌をばら撒く。Gが、山ほどおびき出されてくるだろう。多少は耐性のできてきた自分でさえ耐えがたい殺戮が繰り広げられるのだ。友梨香のようなお嬢様が見たら、気を失いかねない。

「邪魔だから、どっかに行けよ」

危ないから避難しろと素直には言えず、いじけた突き放し方になってしまった。それなのに、友梨香はこちらを向いて突っ立ったままだ。きついメイクを施した目元が、ステージからこぼれる照明を受けてギラリと光った。

「私も、東京が嫌いだよ」

「は？」

「山手育ちのお嬢なんて嘘。下町生まれのど庶民だし、そのくせチャキチャキできなくて親戚の集まりではいつも浮いてた。地元の公立小中高を卒業して、大学だけ私立に通ってるの」

「それじゃ、会って間もないクラスメイトに嘘をついたっていうのか」

「そう。最低でしょ」

「そういうところが東京の人間なんだよ。田舎者は嘘つかない」

インディアン、嘘つかない。田舎で祖父が好んで使っていたフレーズを咄嗟(とっさ)にもじった。もちろん、田舎者だって嘘をつく。太治自身、嘘をつきまくって生きてきた。

友梨香は傷ついた顔をするでもなく、不穏に光る瞳で太治をのぞき込んだ。

「どんな場所にも、そこに馴染めない人間はいると思う。アメリカに生まれたからって、全員がハンバーガーを愛してるわけじゃないし、ハリウッド映画を観てアメリカ万歳って叫ぶわけじゃない。すべてのアフリカ人がスポーツ万能なわけじゃないし、歌が上手いわけでもない。東京に生まれたからって、みんながみんな、洗練されてるわけじゃないんだよ。私、霧吹君に嘘をついた夜、霧吹君が私みたいに見えたんだと思う。東京に馴染めなくて、どうにかして居場所が欲しくて、その方法が全然わからないって顔」

「わかったような口を」

友梨香が、抗議しかけた太治の声を遮った。

「今ならわかる。そういうの、孤独っていうんだって。私も霧吹君も、あの夜、孤独だった」

お互いの視線を絡ませあったまま、しばし無言で佇んでいた。いつしか太治の手の中から蜚蠊謹製のGごはん入りビニール袋がはらりと落ち、整えられた芝生の上にカレー臭をまき散らしながら、丸い粒が転がり出ていった。

その刺激臭が、芝生を這うように広がっていく。

太古の昔から地上のゴミを漁り、土くれへと還してきたGたちが、一匹、また一匹と、えもいわれぬ芳香に誘われ、二人をとり囲むように集まってくるのが、不思議と太治にはわかった。

彼らの思考が、太治の脳を侵食してくる。

つい先ほどまで彼らを捕らえていた人間は、ろくに餌もくれず、水さえも与えてはくれなかった。押し込められていた透明な箱の中では、一部、共食いをするものまで発生するほど飢えていた。

微かな移動音は、再びはじまったピアノ演奏に紛れて消え、人間の耳には届かない。

一匹、また一匹。ほんの少しこぼれ落ちただけの餌は、集まってきた同胞たち全員の腹を満たすにはやや少なすぎるように思える。

生き延びるためには、仲間を蹴落としてでも捕食しなくてはならない。

友梨香の右手がぴくりと動いた。

「ねえ、気づいてる？　私達、囲まれてる」

友梨香の声で、ハッと我に返った。

「ああ」

生ぬるい風がカレー臭を運び、鼻の奥がつんと刺激された。

蜚蠊の餌の効果に心密かに驚きながら、体を動かさないよう、視線だけを芝生の左右に巡らせた。

友梨香が、太治をたきつけるようにあごをしゃくってくる。

こんな艶めかしい仕草の似合うタイプではなかったはずなのに——。いや、自分は彼女の何を知っているというのだろう。いつもお嬢様然とした微笑みを崩さず、おっとりと構えている彼女のイメージは、ただの幻だった。

「このホテルはどうなってるの。さっきも副支配人室に出たし、いくらなんでも多過ぎでしょ」

「副支配人室？　なんでそんな場所に行ったんだ。ミッドサマードリームナイトに出演したんじゃないのか」

強気だった友梨香の瞳がにわかに波打った。

「それは、ちょっとしたお遣いよ。それより、今は目の前の虫に集中するのが先決でしょ」

「これのどこが虫だよ。虫っていうのは、そのへんの草むらで暮らしてるものだろう。家の中に侵入して食料を漁るなんて虫じゃない」

「屁理屈ばっかり」

「君こそ嘘ばかりだ。本当はなぜ副支配人室に行ったのか、白状しろよ」

自分でもなぜムキになっているのかわからないまま、肩で息をついた。こちらを睨みつける友梨香の頬が上気している。

「霧吹君」

「なんだよ」

「G殺っちゃいなよ」

「は？」

「G、殺っちゃいなよ」

もう一度、友梨香がゆっくりと、言葉を句切りながら告げた。こちらをじっと見つめる瞳が、ステージの照明を受けて扇情的に光っている。

「そ、そんなに言うなら泡村が殺れよ。東京生まれならGの一匹や二匹、見慣れてるだろう」

友梨香の瞳がすうっと細められた。

「最っ低」

田舎者だと自覚する度にざらりと擦れるのとは別の場所が、大きく抉られる。

「見てなさい。こうやるの」

言うなり友梨香が、ピンヒールを履いた細い足をさっと振り上げ、神の鉄槌のように振り下ろした。躊躇のない動きに、不覚にも見とれてしまう。ピンヒールの先端は見事に標的を仕留めており、友梨香の頰が桃色に上気していた。

無言で白い手の平が差し出される。ぼんやりしているとたちまち叱責が飛んだ。

「ティッシュ」

「あ、悪い」

手渡した薄い一枚で、黒々とした死骸をさっとつまみとる姿は、やはりこれまでの友梨香とは一線を画す突き抜け感があった。

「とろいなんて、嘘だろう」

友梨香がこちらに流し目をくれる。

「私はね、生まれ変わったの。次は霧吹君の番」

「だから、簡単に言うなよ」

「田舎育ちを自慢にしている割には、いざとなったら虫の一匹も殺せないなんてね」

かっとなって睨みつけると、近づいてきた友梨香に顎をつままれた。さっきGをつまみ上げたのとほとんど同じ仕草だった。

「霧吹君はね、東京に負けてるんじゃない。自分の中のGに負けてるの」

東京を憎むしかない哀れな自分の化身だと思えば、より上手に殺れるかもしれないわね。

そう言って去った姫黒の顔と、目の前の友梨香の顔が重なって見える。間近にある友梨香の顔は、ひどく美しく、傲慢に見えた。

どう御託を並べたって、こいつもやっぱり東京の女だ。

むらむらと、怒りがこみ上げてきた。あるいは、単なる男としての見栄かもしれない。

バカにしやがって。どうせ俺みたいな田舎者にはできないと高を括ってるんだろう。

俺だって、やる時はやるんだ。田舎じゃ、カブトムシやクワガタ、それにムカデだって素手で捕まえていた。クラスで一番、殿様バッタを捕獲していた。

そうだ、Gの一匹や二匹、殺ってやろうじゃないか。

スプレーを取り出そうとした腕を、友梨香がはっしと摑む。

「手足で直接、殺ったほうがいいよ」

むせるような草いきれは、都心の夏に存在しないはずだ。それなのに、なぜ友梨香からはこんなにも濃密に田舎の夏が香ってくるのだろう。

いや、これは野生の夏だ。

この女はこの女なりに、一個の生物として東京での過酷（かこく）な生存競争をついに勝ち抜いたんだ。孤独に打ち勝ったんだ。

「わかった」

ぐっと足に力を込める。

プリンセス・ドリルなど、皆伝してやると恩着せがましく言われても練習する気も起きず、適当に聞き流していた。なぜ姫黒があんな仕事で日銭を稼いでいるのか理解できず、東京者の考えることだからと一歩引いて斜に構えていた。

だが、今なら少しわかる気がした。姫黒もまた、自らの存在意義をかけて、この東京を生き抜いてきたのかもしれない。

地面を蹴って対象へと一気に駆ける。

雄叫（おたけ）びをあげたい衝動を押しとどめたのは、いつの間にか胸の内に育ち、しっかりと根を張っていた客席への配慮、ホテルマンとしての矜持である。

高く振り上げた足が宙を舞い、ぶうううんと空気を切り裂いて唸った。

少年の頃から虫取りで活躍していた動体視力が対象物の細かな反応を捕らえ、逃げようとしているのは右だと瞬時に判断した。

右十一時の方向へと右足が一気に振り下ろされ、地面を踏みしめる。甲皮の砕ける感触が足裏へとソール越しに伝わった。嫌悪感を押し殺し、足首を九十度、さっと右回転させる。

「——勝った。俺、勝ったんだ」

姫黒のように素手でプリンセス・ドリルを繰り出す域に達することはまだできないが、それでも確かに、殺った。

仲間の惨状を目撃したG達が、慄(おのの)いて敗走しだした。しかし、そのスピードは平時の半分にも満たないように見える。

次々と鉄槌を振り下ろし、Gを土塊(つちくれ)へと還していく。一潰しで殺るのは、太治なりの慈悲だ。潰れていくGを見下ろしながら、胸の内に湧き上がってくるのは、憎しみではなく、むしろ正反対の愛だった。憎み続けていた自分の中の素朴(そぼく)さ、弱さ、情けなさ。黒歴史とも言えるそれらを潰しながら、己の内に再度取り込む。居場所を与える。

もう、田舎者の自分を憎んだりしない。俺は田舎者だ。それの、何が悪い。

ついに視界に収まっていたすべてのGを捕らえつくした時、それまで闇に紛れていたらしい人影が、音もなく立ち現れた。

「ブラボー！　君、やるねぇ」

「さっきの掃除のおじさん？」

最初に反応したのは友梨香のほうだった。

太治が肩で息をしながら目をこらすと、清掃員がぼうっと闇から浮かび上がってくる。

「ちょうど良かった。ここいらの死骸、きれいに片付けてもらえますか」

「うんうん、いいよいいよ。ところで君、いくつ」

「二十一ですけど、それが何か」

「へえ、歳の頃もちょうどだね。どう？　孫娘の婿に来ない」

顔を顰めてみせると、相手は肩を揺すって笑っている。

「さあ、ここは片付けておくから、蜚蠊君の近くに行ったほうがいい。まだ一波乱、ありそうな予感がするんだ」

「予感なんて曖昧な根拠で、嫌なこと言わないでくださいよ」

「野生の勘、と言い換えてもいいけどね」

言うが早いか、清掃員がさっと身をかがめ、地面にスプレーを噴射した。見ればGが地面で痙攣している。

「私達、やったんだよね」

ってていた。

先ほどまで青く香っていた自意識が消え去り、太治はただ太治として、すっきりとその場に立っていた。

知らずに、口の端が上がる。

ミッドサマーナイトメア。自分がこのイベントを名付けるとしたら、こうしただろうに。

「ああ。やったな」

6　クリスタル・ブラウン

クリスタルは、一曲を歌い終えたあと、そっとピアノを振り返った。

薄茶色の瞳には好奇心が溢れ、ステージライトを映して光っている。視線の先には、線の細いピアニストが背筋を伸ばし、スタインウェイの前に腰掛けていた。その表情は痛々しいほどに張り詰めている。

技術の高さは、ほんの一小節を聴いただけでわかったから、演奏への不安や緊張から来るものではないだろう。

では一体、何が彼にあんな表情をさせているのか。

こんなアンバランスなピアニストは初めてだった。

この短い時間で一度のミスタッチもなく一曲を弾きおおせ、興の乗ったクリスタルのアレンジにも、瞬時に呼吸を合わせて原曲よりもいいのではないかというほど完璧なアレンジで応えてくれた。

問題は、解釈である。まるで電子ピアノの伴奏のように、彼の演奏には、ピアニストなりの解釈がまったく存在していなかった。自分の曲はポップスであり、クラシックとは違う。解釈というのが大げさなら、感情と言い換えてもよいだろう。

彼の演奏には、感情がない。

しかしその表情は、今にも抑え込んだ何かが決壊しそうになっているのだ。

クリスタルは子供の頃から、整った安定よりも、壊れそうな不安定を好んだ。例えばおもちゃならば、真新しくて美しいものよりも、遊び尽くされ、いくらか壊れたもののほうに愛着を覚える性質(たち)だった。育ての親である老女の知らないところで、敢(あ)えてもらったばかりのおもちゃをわざと壊したこともある。

奏を見つめるうち、自然とメロディを口ずさんでいた。

軽く瞳を見開き、奏がクリスタルの姿を捉える。まるで今はじめてその存在に気がついたとでも言うように。

適当に合わせて。今生まれたばかりの歌なんだ。

声に出さずとも、奏に以心伝心したと確信できる。恐怖を覚えるほどの一体感を、奏も感じているのがわかった。

アカペラがつづく。奏のためらいが、自らのもののように感じられる。

彼は、俺のミューズだ。

抗いようのない確信が胸の奥底から湧き上がり、歌になって飛び出していく。自らの声が奏へと、そして会場へと届き、それぞれの魂を激しく揺さぶっていく。

無感情を装(よそお)おうと必死だった奏の懊悩(おうのう)が、伝わってきた。

さあ、来るんだ。

もはやわけのわからない熱に浮かされ、クリスタルは、全身全霊で奏の音を求めた。

ポロン。

ついに、奏の指が動く。一音が響いたあと、音は連なり、空気を震わせ、人々の息を止めるほどの美しい交歓(こうかん)が、二人の間で繰り広げられていく。

すごい。これだ。これこそ、求めていた演奏だ。

ピアノから、求めたままの、いや、求めていた以上の音が返ってくる。

ああ、なんて心地いいんだろう。

涙にむせんでしまいそうなほどの高揚感はしかし、ぷつりと途切れた。

奏が意味ありげな視線をよこしたあと、まったく別の曲へと滑らかに演奏を変えていったのである。

会場がざわめく。

この曲は――。

世紀の駄作。クリスタルが自らの曲をそう明言してはばからないのには理由がある。

これは、自らの曲の中で唯一、自分をこの世に産み落とした母を想って、いや、呪(のろ)って作った曲なのである。

ただ聴いただけで、そのことを看破する人間はおそらくいない。自分を捨てた恋人についての失恋ソングにしか聞こえないはずだ。しかしクリスタルにとっては、もう決して埋められない幼少期の心のうろを歌い上げた、濃い哀しみの歌だった。

滅多に人を褒めないマネージャーは絶賛し、大ヒット間違いなしだと太鼓判を押したが、クリスタルは結局、この曲をお蔵入りにした。

この哀しみは誰にも理解できないだろうと、後生大事に独りで抱きつづけてきた。

ぬくもりさえ知らない母という存在に焦がれ続け、物心がついてからは、母は自分を捨てたのだと悟った。自分は求められていない存在だったと知った時の、あの底の知れない絶望を、誰かと分かち合いたいとは思えなかった。

それとも、いったん歌にしてしまえば、この想いは大衆化し、同時に陳腐化(ちんぷか)してしまう気がしたのかもしれない。

しかし、本当にそうだったのだろうか。

一向に歌い出さないクリスタルの代わりに、奏のピアノが、伴奏だけではなく、主旋律をも響かせはじめた。下手にさしのべられた善意の手など届かない哀しみの淵を、狂おしいほど切なく、美しく表現していく。

ああ、そうか。君も、この悲しみを知っているんだな。愛するものから捨てられた哀しみの淵に立っているんだな。

だからこれほどの感応が、二人の間に生まれたのだ。

先ほどまで感情など皆無だったはずの奏の演奏は、いつしか生々しいほどの哀切を湛えて、クリスタルの心を突き動かしていた。

歌いたい。

マイクを持つ。しかし、いざ声を出そうとすると、声は喉につかえ、掠れた息がこぼれるばかりだ。熱っぽいピアノの音だけが、会場に満ちていく。その演奏に誘われるように——一匹のGがステージの床に這い出てきた。

驚きのあまり固まったクリスタルの様子に、奏も気づいたようだった。床に視線を移し、一心に這うその生物を凝視している。

その生物は、あまりに醜かった。どこかで怪我でもしたのか歩き方もいびつで、音に合わせて不器用に踊っているようにも見える。

忌むべきはずのその存在が、美しい旋律のせいだろうか、今夜は愛おしく思えた。

一歩、また一歩、Gのそばへと近づいていく。

物問いたげにクリスタルの様子を見守りながらも、奏が演奏をつづけた。ただし、メロディは先ほどの歌ではなく、名前を知らないクラシックのものだ。

近づいてくる人間に警戒したのか、Gが、不自由な体で逃げようともがいた。

〝逃げなくていいんだ　君を傷つけたりしないと誓うから〟

さっきはあれほどつかえていた声が、すんなりと出ていく。

ほうっと会場からため息がこぼれた。

〝みっともなくあがく君は　俺さ　もう過ぎ去った愛を求めて彷徨ってる　だけどいいんだ　それでいいんだ　醜い俺を　俺は愛する　君を愛する〟

自分でも何をしているのか、しようとしているのかわからなかった。

ただ、ポケットに入れていたハンカチを手に取り、もはや動けなくなったのかステージの中央で動きを止めたそれの傍らにかがむ。

次の瞬間、奏の演奏ががらりと変わった。

〝ジャジャジャジャジャーン〟

耳慣れたメロディは、ベートーヴェンのものだ。

鋭い音の響きに驚いたのか、「ひっ」と会場のどこかで短い悲鳴があがった。

〝君を愛する〟

囁くように声をかけながら、ハンカチの上から手の平全体で圧をかけた。汗ばんだ手の平の中心に、グミのようなぐにゃりとした感触が伝わってくる。

〝ジャジャジャジャーン〟

二度目の『運命』の響きに合わせて立ち上がった。

母への憎しみを、いや愛を受け止めた直後、世界が反転していた。

闇は光へ、光は闇へ。そのどちらもが同じものであり、等しく美しい。

奏に目で合図を送ると微かに頷き、再び、封印していたあの歌の演奏が始まった。

今度は、自然とマイクを手にして、音に歌詞を乗せていく。

観客席から、拍手がさざ波のように沸き起こった。

長年の怨嗟がゆっくりと溶け出し、歌声は凍てついたピアニストの胸をも揺り動かしていく。

表情だけで、ピアニストがクリスタルに伝えてくるメッセージがはっきりとわかった。

――打鍵マシンと化して演奏する時は、感情など心の奥底にしまい込んだまま、ロボットのような無表情で鍵盤を打っていた。今夜の伴奏でも、そうするつもりでいたし、最初はそうだった。だけど、あなたの声が、魂の哀しみが込められた歌詞がそれを許してくれなかった。

ああ、僕はこの孤独を、誰かと分かち合いたかったんだ。

二人の視線がもつれることなく交わり、互いの目指している音が正確に伝わりあう。それならばと、その音をさらに輝かせる音を発しあう。

きらめくような創造の交わりが、さらなる波紋となって会場に広がっていき、やがてある女の胸をもうがったことを、クリスタルはまだ知らない。

ひび割れた氷上から金色の光が溢れ、音楽がほとばしりはじめる。奏となら、この光で世界を覆い尽くすこともできそうだった。

それなのになぜ、彼はあんな顔を？

喜びが内側から輝くようだったピアニストの表情は、いつしかまた、追い詰められたような緊張を漲（みなぎ）らせている。

同時に、彼の音からも光が失せ、ただ正しい音を叩くだけの打鍵マシンが再びそこに座っていた。

7　姫黒（ひめぐろ）マリ

子供の頃、一定の周波数で高音を出し続け、父の大切にしていたワイングラスを割ってしまったことがある。

マリにとって、あれが文字通り、自らの声で何かを揺さぶった初めての体験だった。

清掃員という仮の姿に身をやつし、プリンセス・ドリルでGを始末する日々。そんなマリが昔、シャンソン歌手として一時代を築いたあの姫黒マリだと気づいている人間はほとんどいない。

このグランド・シーズンズでは、現在の雇用主である鹿野森の祖父にあたる鹿野森善一朗（ぜんいちろう）くらいであろうか。

　善一朗は芸術を愛する男だ。愛するだけではなく、古美術から現代美術、音楽、文学、映画、その他、ありとあらゆる表現に対して、世間一般の評価には囚われない彼独自の審美眼を持って接し、たとえ自らの審美眼に適わずとも、表現者という存在には常に最大限の敬意をもって接する人である。

　マリのことは、一度歌を聴いて以来、ほとんど靴を舐めんばかりの崇拝ぶりだった。

「一体、なぜシャンソンを捨てるんです。あなたは声でこの世界を照らす人だと言ったはずです。あの男のせいですか。ツテならあります。あの男を潰して差し上げましょうか」

「そんな物騒なことをおっしゃらないで。鹿野森さんはすべての芸術を愛する方でしょう」

　確かに、マリが表舞台を去ったのは男のためだった。しかしそれは、断じて世間が騒ぐように、硼酸次が自分を裏切ったせいではない。硼酸次は、全てを捨ててマリと添い遂げようとしたのだ。それを押しとどめ、彼の親がすすめていた縁談を後押ししたのはマリ自身である。わざと硼酸次に偽の待ち合わせ場所を告げ、婚約者一家が待ち受ける食事会へと出席させた。彼のマリへの愛は本物だった。同時に彼の芸もまた本物だった。自分のせいで、芸を捨てさせるわけにはいかなかったのである。

　お腹の中に小さな命が宿っているとわかったのは、ステージを捨てて去ったすぐ後のことだった。

引退を宣言してからも、硼酸次の元恋人であるマリをマスコミは執拗に追跡していた。彼らがマリの膨らんだ腹を目撃し、何を書き立てるかはわかりきっていた。

「鹿野森さん、私のお願いを一つ聞いてくださいませんか」

逃げ道のなくなったマリは、善一朗にすべてを打ち明け、鹿野森家の所有する蓼科の別荘地で極秘出産した。

生まれたのは、文字通り玉のような男児だった。日本人離れした彫りの深さと肌の白さをマリから受け継ぎ、生まれたてにも拘わらずくっきりとした顔立ちで、ひと目で愛さずにはいられないほど美しかった。

だからこそ、自分の手で育てるわけにはいかなかった。

姫黒晶と名付けたその子を手放すことに決め、善一朗の厚意で、鹿野森家の乳母を勤め上げた老婆が養育にあたってくれた。

魂が引き裂かれるようなあの別離を、もう幾度後悔したことだろう。しかし、あの時の判断は決して間違っていなかったのだと、マリは今、ようやく自分を慰めることができた。

「この歌声を、お聞きなさいな」

相変わらずマリの隣に佇み、途方にくれている硼酸次に語りかける。

「ああ、いい歌声だね」

「素晴らしい子よ。両親のいいところだけを掬い取って生まれ、両親を知らずに育った子」

「そうなのかい」

スポットライトから遠く離れ、暗がりの中から見つめる当世随一のヴォーカリストのまばゆさ、その声ののびやかさ。

産声から、あの子の声は際だっていた。

ビッグGの出現を今か今かと待ち、マリの声をぞんざいに聞き流しているようだった硼酸次が、はっと顔を上げた。

「ちょっと待ってくれ。まさかあの子は」

ごくりと唾を飲む硼酸次に頷きで応え、ただステージに見入る。

子を手放してのちも、マリは蓼科に留まり、ステージに戻ることはなかった。

シャンソンは、人生の喜怒哀楽を語ること。ならばシャンソンは、生きることそのものではないか。もはや呼吸の一つ一つが歌であり、息子も眺めているかもしれない太陽や月を見上げる日々が歌だった。

時々、善一朗が訪ねてきては、晶の様子を写真や映像で知らせてくれた。こんな自分に家政婦までつけてくれるものだから、ひねもすじっとしているしかやることがなくなり、産後の肥立ちもすっかり落ち着いてからは、庭の一角を借りて小さな菜園を耕し、野菜をつくっては食し、大豆を煮て豆腐や味噌を手作りし、果樹から果物が採れるたびにジャムやパイをつくって過ごした。

家政婦は善一朗が寄越しただけあって有能な人だったが、彼女にはどうにも苦手なものが一つだけあった。Gである。

どんなに立派な建物にもGは出る。ある日、善一朗が訪ねてきた昼日中、広いリビングと一続きになったウッドデッキに二匹連なって現れたGを見て家政婦は絶叫した。

一方、実家が営む飲食店では見慣れた生き物であったそれを、祖父直伝のプリンセス・ドリルであっけなく仕留めてみせたのがマリである。

「マリさん、貴女――」

シャンソン歌手らしくない振る舞いを咎められるのかと思いきや、善一朗は思わぬ提案をした。

「うちのホテルで働きませんか」

こうして、マリは蓼科の代わりに都内の一等地に建つマンションを用意され、〝Gハンター〟としてグランド・シーズンズに勤務することになったのである。あの当時は、なし崩し的にマリをステージに引き戻そうとする善一朗の思惑も強かったようだが、五年、十年と経つうちに彼も諦め、今ではただのGハンターとしてマリを見ているのだと安心しきっていた。

しかし、今夜このステージにあの子が立ち、自分が居合わせていることを、単なる偶然とは思えなかった。

鹿野森優花に、彼を勧めた人物は誰か。おそらく、プロジェクトチームの中に、会長の手飼いの人物が巧妙に紛れていたのではないか。もしかして、このG騒動でさえ、すべて知った上で犯人を泳がせている可能性さえある。

「古狸にやられたわね」

マリが独りごちた脇で、硼酸次が掠れた声で尋ねた。

「あの子、あの子は、そうなんだね？」

狼狽と喜びが奇妙に入り交じった瞳でこちらを見つめる昔の男に、マリは初めて隠さずに母親の横顔を見せた。いや、母親を自称することなどおこがましいときつく戒めていたから、おそらく無意識にこぼれ出た表情だったのだろう。

硼酸次もまた、正妻との間にもうけた二人の娘達には見せたことのない、男の子の父としての、いたずらの共犯者のような微かな稚気を、その鼻先に滲ませはじめている。

「素晴らしい子じゃないか。ほんとに、素晴らしい——」

「ええ。でも」

硼酸次に向き直り、問いかけた。

「あの子の父親は、公演の失敗を恐れておかしな儀式に身をやつしている。それでいいのかしら」

「ぐ」

くぐもったうめき声を漏らしたまま、硼酸次が俯く。

奇しくも視線の先に、Gがいた。ビッグGほどではないが大形といっていい個体で、やはり弱っているのかじっと佇んでいる。

「殺りなさい。あなたの舞台が成功してきたのはGのおかげじゃない。あなたの実力よ」

「しかし」

硼酸次の喉仏が大きく上下する。

「さあ」

一歩、また一歩、硼酸次が踏み出していく。背中には、いつしか身についていた歌舞伎役者の風格が漂っていたが、右足を高く掲げたところで、動きが止まった。

「ダメだ、やっぱりできない。私にはとても」

「できるわ」

片足を上げたままバランスを保っていられるのは、さすが幼少期から培ってきた体幹のたまものだろう。

「さあ、あの子の歌もあなたの背中を押してくれている。耳を傾けて」

〝いつもそばにいるよ　たとえあなたが僕を知らなくても〟

空に昇っていく声に、硼酸次が応える。

「それは、私の台詞だよ」

「そう、父親として、踏むの！」

気合いのこもったマリの声に、硼酸次がいっそう高く足を振り上げ、一気にGへと踏み下ろした。首を回して、見事な見得を切ってみせる。

「成田屋(なりたや)！　その調子で、明日も頑張りなさい」

マリの声に、硼酸次がかっと目を見開いたまま答えた。

「なぜ一言、打ち明けてくれなかったんだ」

迷うような沈黙のあと、マリは硼酸次の頬に指先でそっと触れた。

「人生は、シャンソンよ。すべてのメロディは美しいの」

言い置いて、光に焦がれる甲虫のように自らもステージのほうへと足を踏み出した。

8　手押(ており)奏(かなで)

幻想の夜、図らずもピアニストとして見事な羽化を遂げようとしていた奏は、その直前でまたしてもあの響きを聞いた。

まさか――。

音が急速に輝きを失い、呆然と手を止める。

姫黒と呼ばれていた清掃員が、今度はドレスアップした姿でステージ上へと駆け上ってくるのを見ても、何のリアクションもできなかった。

突然の闖入者(ちんにゅうしゃ)に観客席からどよめきが起き、異変を察知したスタッフが舞台の照明を一段落とし、アナウンスを入れた。

『ただいま機材の不具合が起きております。しばらくお待ちくださいませ』

アナウンスを背後に聞きながら、それでもただ椅子に腰掛けている。

二度あることは三度あるなんて、ただの諺だと思っていたのに。

姫黒と同時に、クリスタル・ブラウンも奏のそばへとやってきた。クリスタルは姫黒に胡乱な目を向けている。

「あなた、誰です？　奏君の知り合いですか」

実の子に誰何される痛みをこらえ、姫黒は突き放すように答えた。

「静かに。ピアノに少し、不具合が起きたようね」

「なぜそんな格好をしてるんです」

ようやく我に返り、奏が問いかける。

「いいから答えてちょうだい。また出たのね」

「ええ。きっと罰が当たったんです。心ない演奏をつづけてきた天罰が。こんなにGが出るなんて、もう弾くなという神様のメッセージかもしれません」

「そんな下らないメッセージを送るとしたら、間違いなく邪神ね。いいからステージ脇に下がってウェットティッシュを一枚用意してきなさい」

「でも」

「早く！」

強く命じられ、しぶしぶ立ち上がって舞台袖にティッシュを取りに戻った。鞄を開け、とある事実に気がついて思わず膝から崩れ落ちる。

「そんな、嘘だろう」

さっき、Gを捕獲しておいたコンビニのビニール袋に、大きな穴が空いている。当然、中にいるはずのGは、跡形もなく消えていた。

それじゃあ、さっき俺の演奏を邪魔したGは、俺自身が捕まえたやつだったのか。

「早くティッシュを」

舞台に視線をやると、姫黒がグランドピアノの内部を覗き込んだまま、奏に向かって手を伸ばしている。

ティッシュと穴の空いたビニール袋を手に取り、のろのろと立ち上がった。舞台へ行く間、自業自得だと皮肉に笑う声が耳の奥でずっと響く。誰の笑い声なのか、現実なのか、幻聴なのか、もはや判然としなかった。

「これを」

鋭い目つきでピアノを覗き込む姫黒に、声をかける。

「ご覧なさい」

ティッシュを受け取らないまま、姫黒が答えた。

隣に並び、おそるおそる自分も覗き込んでみると、果たして、中にいた。先ほどの個体と同じように片方の脚を潰されながらもなお、しぶとく生きている。

思わずうめき声を上げると、姫黒が身を起こして奏へと向き直った。

「あなた、殺りなさい」

「嫌ですよ。なぜ俺が？　掃除はそっちの仕事でしょう」

奏の声を無視して、姫黒はさらにたたみかけた。

「さっき、元の恋人に復讐してやりたいと言ったわね。幸せな二人を壊せばすっきりするとでも思ったの」

「奏君、それは違う！」

唐突に声を張ったのはクリスタルだった。

「何があったのかは知らないが、僕も復讐を誓う一人だった。母親に、いつか復讐してやる。歌って、有名になって、僕を捨てたことを後悔させてやるって誓っていた」

「あなたも、ですか？」

奏が、のろのろとクリスタルに視線を向ける。

「ああ。だけど、音楽が僕を変えた。歌うことで人を幸せにできた時、僕もまた幸せだったんだ。そうして気づいた。最高の復讐は、幸せになることだってね」

見つめ合う二人の間に、姫黒はさっと割り込んだ。その瞳が微かに潤んでいることに気がついた者はいない。

「その通りよ。あなたが幸せになることで、復讐は完成する」

「そんな簡単に言わないでください。幸せなんて、どうやって掴めばいいんだ」

苛立つ奏に、姫黒が微笑してみせる。

「あなた、その指は飾りなの？　弾くのよ。今ならちょうど、弾くことで殺れる」

確かに今、Gはハンマーの上に佇んでおり、脚の欠損のためか動く気配がない。奏がピアノを弾くことで弦とハンマーにはさみ、圧死させることができそうだった。

「弾けば幸せになれるなんて幻想だ。弾くことは確かに幸せをくれる。だけど、それに見合わない苦痛ももたらすじゃないか」

「そうかもしれない。だけどあなたは、音楽を捨てられるの？　どんなに絶望しても、こうして未練がましくピアノのそばにいたじゃないの。魂の込め方を忘れても、ピアノを弾き続けていたじゃないの」

「それは――」

クリスタルがじれたように、姫黒を援護した。

「さっきの演奏、素晴らしかった。さあ、あの続きを」

「正気ですか。中にGがいるんだ。それでも僕の演奏で歌うっていうのか」

「君の元彼が、この会場にいるんだろう。聴かせてやるんだ、君の音を。きっと後悔する」

「さあ、さっさとその指で殺りなさい。自分が撒いた種でしょう？　あのGを殺ることでしか越えられない壁があるはずよ」

迫ってくる二人の顔が、驚くほど似通って見えるのは奏の気のせいだろうか。

「ちょ、ちょっと待ってください。二人とも冷静になってくださいよ。なぜ元彼への気持ちをふっきるためにGを殺さなくちゃいけないんだ」

姫黒とクリスタルの、まるで相似のような双眸が、ぎらりと照明の光を受けて光った。

「あのGは、あなたよ」

「あのGは、君なんだよ」

二人が互いに見つめ合う。音にならない音楽が二人の間に流れているのを、奏は確かに聴き取った。指がむずむずと動き出す。体中をメロディが駆け巡り、指を通じて外に出たがっているのがわかる。

「何だかよくわからないけど、弾けばいいんでしょう、弾けば」

照れ隠しでそんな言い方にはなったが、弾かなければおかしくなってしまいそうだった。

ぽろん。

突如始まった演奏に、観客がざわめく。

あふれ出るメロディを追いかけるように、奏の指が鍵盤上で動く。最初はごく控えめにゆっくりと。徐々に、速く、速く、やがて息も詰まるほどの緊張感を持って。

その間、ハミングで演奏に参加していたクリスタルが、物言いたげに奏を見つめてきた。その理由を、奏は知っている。

まだ、避けているのだ。Gが載っているソの音を避けて演奏している。だから、先ほどのGは、今だにハンマーの上に鎮座したまま、無事に生きおおせている。

〝そろそろだろう〟

クリスタルが、とうとう我慢ならなくなったのか、歌にして促してきた。

〝次は君の番だろう〟

促されても、どうしても殺れる気がしない。

コンクールで評判を地に堕とした自分。誠也にボロ雑巾のように捨てられた自分。惨めで、魂のない演奏をするところまで堕落した自分。そんな哀れな自分が今、おそらくハンマーの上に佇んでいるGだ。

〝ステージの外を見て〟

クリスタルが再び歌った。

何事かと視線をやると、そこに信じられないものがいる。鬼の形相(ぎょうそう)でこちらを睨む誠也だった。

「どうして」

呟いた刹那、微かに演奏が乱れる。

——やっぱりお前だったんだな。嫌みったらしくそんな演奏をして。才能に溢れた自分がそんなに誇らしいか。おまえの承認欲求は底なしか。

何を言ってるんだ。俺の才能を誰よりも賞賛してくれたのは君だろう。

口で答える代わりに、慎重にソの音を避けながら演奏で答えた。誠也ならば、わかってくれるはずだ。

——知ってて黙ってたんだろう。俺が、コンクールで阿呆な失敗をした子供だって。だから『運命』を弾いたんだろう。

それは君が、俺を捨てて幸せになろうとしたからだろう。

当然の報いだ。失意の俺を捨てて、あんな女と自分だけ幸せそうに笑っていたのだから。

しかし、そう答える音に、先ほどまでのような怒りはもうこもらなかった。

そうだ。俺は何に絶望し、あんなに怒っていたんだろう。誠也はただ、心変わりしただけ。そして俺ではない他の誰かを愛した。それだけだ。

俺が怒っていたのは、たかがコンクールで失敗し、人生が終わったなんて絶望を気取っていた馬鹿な俺自身に対してだ。

メロディを弾き終え、誠也のほうに目をやる。

「な、なんだよ」

怖じ気づいたように一歩下がった相手の背中には、もう羽など生えていなかった。

「さよなら、愚かだった俺」

「なんだよ、それ。勝手に納得するなよ。おまえ、俺をバカにしてたんだろう。そうだろう？

答えろよ」

微笑みながら、奏が再び鍵盤をそっと叩く。

今ならわかる。なぜあんなにも自分が誠也に執着してしまったのか。誠也は、自分の中のGを体現したような相手だったのだ。

自身の才能の限界に怯える男。いつか失敗するのではないかとビクビクと暮らす男。そしてその通りの現実がやってきた。

そうだ。俺はずっと怖かった。天才だと祭り上げられ、一流の師についてピアノの世界を邁進していたくせに、若いうちに才能を涸らしてしまうことを恐れていた。

自分の中に飼っていたG。その投影が、誠也だったのだ。いわば誠也は、元彼ではなく、元Gだったのだ。

もう、躊躇なく弾ける。ソの音を。

ふっと指を挙げた奏を見て、誠也が怯えた目つきをした。

「や、やめろ。その曲だけはやめてくれ」

ジャジャジャジャーン（ソソソミー）。

「やめろおおおおおお」

あたかも、ハンマーに鎮座していたGの断末魔のような悲鳴を残して、誠也が警備員に確保され、ステージ前から引きずられていく。

演奏の合間を縫い、姫黒が踊るような仕草で、絶命したGをピアノから取り除いた。

9　姫黒マリ

「もう大丈夫のようね。それじゃ」

舞台から立ち去ろうとしたマリの腕をクリスタルがとっさに掴んだ。そのぬくもりに、さっと背中がこわばる。

「待ってください。あなた、姫黒マリさんですよね？　僕、あなたのこと、尊敬してます。初めてあなたのシャンソンを聴いたとき、僕は遥か天上の音楽を聴いたのだと思いました」

「人違いよ。私はそんなたいそうな人間じゃない」

「いいえ、あなたは姫黒マリさんだ」

再び我が子と見つめ合った。二人が対峙している様子には、事情のわからない者達をも揺り動かすドラマが感じられるらしい。大人しくライブの再開を待っていた品のいい客達もさすがにざわめき始めた。

「ずっと憧れてたんです。僕にはわかる。その声は、ぜったいに姫黒マリさんです」

「――あなた、声であたしがわかったの」

「ええ。懐かしい、とても懐かしい声なんです。あなたの声は」

「まさか」

我が子を産み落としてからは、むずかるたびに歌を歌ってやった。あの僅かな母子の日々の記憶が、これまでずっと刻まれていたというのか。

「お願いです。僕とデュエットしてください。あなたの『ラ・ブラッド』、レコードがすり切れるほど聴いてました」

それは、マリの現役時代のラストを飾った曲だった。パリ公演に旅立った硼酸次を想って書いた歌詞に、今はもう亡き大御所が作曲を引き受けてくれた。

我が子とともにステージに立つ。そんな僥倖に浴する資格が自分にあるのか。自責の念が、容易には首を縦に振らせない。

「歌ってください。一生に一度のお願いです」

「歌ってやりなさい、マリさん」

いつの間にかステージのすぐ傍に控えていた硼酸次が、静かに声を掛けてきた。その頬は、ただ濡れている。

余計なことを。

夜風が頬を撫で、マリの頬にもまた一筋の涙がつたっていることを知った。

「さっき、母親への復讐は、幸せになることだと言ったわね。今夜を限りに、そんなくだらない母親のことなんて忘れると約束しなさい。そんな女から解放されて、もっともっと幸せになるの。

ほら、ちょうどそこにいるわ。あれが、あなたの母親。くだらない、ちっぽけなGよ」

マリの視線の先をたどり、クリスタルが舞台を這う新たなGの存在に気づいた。

「殺りなさい。それが条件よ」

さすがに怖じ気づくかと思ったが、クリスタルはまっすぐにマリを見返して頷いた。

「仰せのままに」

つかつかと大股で近づくと、右足を大きく振り上げ、まるで見得でも切るように見事に振り下ろす。

「ううう っ」

ステージ下から、硼酸次のむせび泣く声が響いた。

思わず、大きく息を吐く。

「いいこと？　これは、真夏の夜の夢。あたしは一夜だけの幻よ」

クリスタルが、幼子のように無邪気に笑んだ。正視できずにつっと視線を逸らし、やはり素っ気なく尋ねる。

「マイクを貸して。ピアノの準備はできたの？」

振り返ると、奏が不敵に笑っている。その背中には、なぜか羽が生えて見えた。

10　穀句ローチ

　穀句は、床に転がったまま生気のない目を晒していた。

　なぜ、こんなことになってしまったのだろう。自分はホテルの未来を案じ、よかれと思って事を起こしただけなのに。会長は紀尾井町の帝王と呼ばれた往時の嗅覚を失い、身内の情に目がくらんであの世間知らずのお嬢さんにすべてを託そうとしている。それがホテルの破滅につながることが、なぜ見えないのだろう。

「伝統をないがしろにすれば、歴史は潰える」

　虚ろな呟きを、真っ白なハンカチの下で潰れているGのみが聞いている。

　静寂を、苛立ちの滲む声が破った。

「穀句、なぜ電話に出ないんだ」

　ノックもなしに入ってきたのは、穀句が忠誠を捧げる相手である。鹿野森英太。会長である鹿野森善一朗の孫、優花にとっては歳の離れた従兄に当たり、ホテルの伝統を誰よりも大切にしている人物だ。

「おい、何があった、大丈夫か？」

　心の底から穀句を案じる声色。この不世出の青年は、幼児の頃から心の内に芯からの優しさを携えていた。

そう、忘れもしない。あれは穀句がちょっとしたことからＶＩＰ客の不興を買い、当時社長だった会長の邸宅に呼び出されてきつい戒めを受けた直後だった。ちょうど遊びにきていた英太がうなだれて帰る途中だった穀句に声をかけたのである。

「見て」

当時小学生だったか。英太は満面の笑みで「家来」と手書きされたカードを手渡し、「僕が社長になったら家来にしてやる。忠誠を誓うか」と問うたのである。創業者一族の帝王学が染みこんだあの凜々しい笑顔に、穀句は気がつくと跪いていた。

「坊ちゃま、私の力及ばず、申し訳ありません」

「そんなことは心配しなくていい。さあ、縄を解いてやる。一体誰がこんなことを」

「色々ありまして。今回の目論見も、会長の知るところとなってしまいました。しかし、坊ちゃまのことはご存知ありません。これは、私の一存で始めたことですから」

「すまないな。これも大事を成すためと心に定めてくれ。事が成った暁には、必ず引き立ててやるから」

「しかし、会長はもうほぼ心を決められたようです。一体どうやってこの状況を変えればいいのか」

Ｇは放たれたものの、副支配人室の内線が沈黙しているところをみると、さほどの騒動は起きていないようである。おそらく姫黒あたりが暗躍して、次々にGを仕留めて回っているのだろう。

「心配しないでこれを見てくれ」

「これは」

差し出された虫かごを覗いて、穀句は心の芯が急速に冷えていくのを感じた。

「小物を百匹放ったくらいじゃ足りない。ビッグGレベルのを数十匹。これだけやれば、いくら姫黒マリや優花が頑張ったところで、どうにもできないだろう」

「しかしこれではホテルの評判が――」

「それについても考えてある。市川硼酸次だよ。あんな厄介な客をＶＩＰ扱いにしてきたなんて、おじいさまも優花もどうかしている。いいか、このビッグG達が放たれたのは市川硼酸次の儀式の際のアクシデントだったと、どこかのマスコミにリークするつもりだ。もちろん、ホテルはそんなことに関知していなかったとね」

「坊ちゃま、それはいけません。ホテルマンとしてお客様を罠にはめるような真似は」

言い終える前に、穀句は口を閉ざした。幼い頃から見守ってきた〝坊ちゃま〟の瞳の中心に、こちらをひやりとさせる暗い影が差している。

坊ちゃま?

「いけません、どうかお考え直しを」

すがるような口調だけでは、踵を返し、ドアの外へと出ていく英太を止めることはできない。

もがけばもがくほど、忌まわしい縄が足首に食い込んでくる。
ドアが静かに閉まったあと、穀句は呻きながら目を閉じた。

第七章　G・エンド

1　鹿野森優花

無事に終わってくれと懸命に祈るほど、神様はあざ笑うかのように逆の状況を作り出す。いや、祈る時点で人は、最悪の事態を強くイメージしてしまうものなのかもしれない。あたかも最悪を願っているかのように。

「こんなところで遭うとは偶然だね、従妹殿」

「英太兄さん」

ホテルからガーデンへと出たところで、よく知った声に呼び止められ、仕方なく振り返る。

正直、大事な瞬間に会いたい相手ではなかったが、いずれにせよ今夜ここに姿を現すことはわかっていた。ホテルへの執着心が人一倍強い従兄は、年下の従妹のもとへと経営権が転がり込んでいくのを、ただ手をこまねいて見ている相手ではない。

「おじいさまに会わなかった？　先ほどから探しているのだけど」

「さあ、また変装でもして高みの見物を決め込んでいるんだろう？　それより、コンサートのクライマックスがなかなか訪れないみたいだけど放っておいていいのか」

「色々とやることがあるのよ。もうすぐライブも再開すると思うから、座って楽しんでいって。今すぐ席を用意させるわ」

言うなり霧吹に電話を掛けようとしたが、英太の薄気味の悪い笑みが気になって通話ボタンから指を離した。

「どうしたの。何がそんなにおかしいの」

「別に。今夜が悪夢に変わったらさぞ素敵だろうなって想像していただけだよ」

思えば英太は幼い頃からこうした悪魔じみた考えをする子供だった。そのくせ外面だけはいいから、殺句などはコロッと騙（だま）され、今や英太派の急先鋒である。

いずれにしても、あまり関わり合いにならないほうがいいと本能が警鐘を鳴らした。

「それじゃ、急いでるからこれで」

言い捨てた優花を英太のねっとりとした視線が追いかけてくる。

もしかして何か企（たくら）んでいるの？

気になったが、振り返っている暇はなかった。

視界の先に、途方に暮れた様子で立ち尽くす蜚蠊が見えてくる。やや俯き加減の顔をめがけて、遠目からもはっきりとわかる大形のGがまっすぐに飛び込んでいくのが見えた。

ビッグG！

それだけなら、優花も走り出したりはしなかったろう。しかし、蜚蠊に飛び込んでいくのはビッグGだけではなかった。ビッグGその二、その三、その四、その五、もはや数え切れないほどの大形Gが蜚蠊に群がっていく。

近づくにつれ、独特の刺激臭が優花の鼻をついた。目をこらしてみれば、蜚蠊の衣類や肌に、直接、得体の知れない餌が塗りたくられている。

Gは、あれに群がっているのね。

吐き気を催すようなその光景を、しかし恐れる様子もなく、飛翔するGに負けぬほどのスピードで飛び込んでいく人間の女がいた。振り乱した髪の間に二つの小さな角が垣間見えても優花は驚かなかっただろう。

「菊子さんっ」

声をかけたが、菊子は優花など見向きもせず、手にしていたマジックハンド付きスプレーを蜚蠊へと向けた。

折しも、哀愁(あいしゅう)漂うクリスタルの声、ではなく、渋みのあるハスキーな女の声が響く。

「え？」

そんな場合ではないにもかかわらず、思わずステージに目を奪われた。蜚蠊めがけて突進していた菊子も、興を削がれたかのようにスピードを緩めている。

ステージには、往年の大スターの風格を纏って、姫黒マリが燦然と佇んでいた。

「あの人、歌もいけるのか」

呆然と呟いた蜚蠊の胸元には無数のビッグGが張り付いており、おでこの辺りでは、突如現れたライバル達に狼狽するように、元祖ビッグGらしき個体がうろうろと彷徨っていた。

蜚蠊の正面に、菊子が静かに立った。蜚蠊が無意識にか後ずさる。

「菊子。話し合おう。話せばわかる」

「いいえ、話し合う必要なんてない。私とあなたはGを殺る側と守る側。いわばロミオとジュリエットよ」

断じて違うが、優花が声を差し挟むには、向かい合う二人はあまりにも真剣だった。

胸の奥を震わせるような姫黒の歌声にかぶせるようにして、菊子が声を絞り出す。

「私のことを本当に愛しているなら、Gを捨てて。今あなたに張り付いているG達を全部、このスプレーで殺すのよ」

蜚蠊にべっとりと張り付いている餌を、ビッグG達は夢中で貪っている。ただ一匹、元祖ビッグGのみが、そんな新参者達を苛立たしげに見つめ、おでこを往復していた。

「いいえ、全部とは言わない。あなたはビッグG一匹を殺って。それで硼酸次さんのところをクビになっても、私が養ってあげるわ」

「君は、それほどGが憎いのか」

「憎いなんて言葉じゃ足りないわね」

　優花の見守る中、ぬるい風が二人の間を通り過ぎる。それまで尖っていた菊子の眼差しが、物憂げに揺れた。

「うちはね、東京でもちょっと知られた人気のラーメン店だった。ところがある日、スープにゴキブリが浮いてた写真がSNSに流されて、店は潰れ、借金取りに追われ、夜逃げを繰り返すうちに父は自殺に追い込まれたの。借金返済と育児のために働きづめだった母も体を壊して早くに亡くなったわ。たかがG一匹が、うちの両親を殺したの」

「そんな過去が――」

　菊子が一歩、また一歩と蜚蠊ににじり寄っていき、その度に蜚蠊はGを引き連れたまま後退する。

　いったい自分はどんな悪夢を見ているのだろうと、優花は心の中で自問した。

「さあ、二人の未来を選んでくれるなら、早くビッグGを殺ってちょうだい」

　迫る菊子を、蜚蠊がきっと見つめ返した。

「僕にだって事情はある。僕は、いじめられっ子だった。それを救ってくれたのがGなんだ。いじめられっ子に追われて校舎を逃げ惑っているときに、一匹のGが現れた。そして、僕の味方をするみたいに、いじめっ子の顔に飛びかかっていったんだ。相手はパニックになって、悲鳴を上げて気を失った。よっぽど怖かったのか、小便までちびってたよ。それ以来、いじめられなくなった」

ぜんっぜん、ただの偶然じゃない？

菊子も、優花と同じような感想を抱いたことが、醒めた表情からうかがえる。

「つまり、私よりもGを選ぶってことね」

姫黒のハミングが、風に乗って届く。まるで答えを出すまでのタイムリミットを告げるように。

最初は冷ややかに二人のやりとりを眺めていた優花も、いつしか生唾を飲んでこの因果な関係の行く末を見守っている。

ハミングが、静かに止んだ。

2　蜚蠊郁人

究極の選択、という一昔前に流行したバランスゲームを郁人は思い出していた。二択を提示されてどちらかを選ぶのだが、どちらを選んでも後味はよくない。

今もまったく同じだった。

ビッグGを選べば菊子を失い、菊子を選べばビッグGを失う。

思えば少年の頃、校舎でGに助けられてから、儚い夢のような人生を歩んできた。内気を心配した両親から歌舞伎を習わされ、流されるように修練に励んではいたものの、表舞台に出るつもりもなかった。一生、G達とともにひっそりと生き、最後はG達に食われて土に還るのだと決めていた。

この厭世に一石を投じたのが、大物にも拘わらずGなしでは芸のできない師匠の硼酸次であり、郁人とは違って、この世界に上手く適合して生きている菊子の存在だった。

先ほどまで嵐のように荒れ狂っていた恋人の瞳は、今、澄んだ泉のように凪いでいる。

どちらを選ぶにしろ、今ならこちらの選択を静かに受け入れてくれるだろうという気がした。

「菊子さん、あなた、蜚蠊さんがどちらを選んでもいいの」

いつからそこにいたのか、鹿野森が菊子に問いかけた。

「いいんです。それが人生でしょう」

いずれGのことが壁になると心のどこかではわかっていたが、この女性と将来を共にしたいと願っていた。本気だった。

しかし——。

一時の狂乱が過ぎ去ってみれば、ただただ、セラヴィ——それが人生だと歌う姫黒の声が心を透明にしていく。究極の選択を前に、郁人は自らの心の淵に立ち、その深淵をのぞき込んでみた。

こちらを覗き返してくるものはしかし、深淵ではなく、何か、黒い塊だった。

G?

目をこらして、もう一度のぞき込む。

その塊には、優美な触角はなかった。ただ、こちらを必死に見つめ返す、美しい瞳が並んでいる。

「菊子――」

出会った夜、互いの指先が触れた瞬間、自らの脳に小さな電流が流れた気がした。

この相手と結婚する。

理由などなかった。それは、運命の予感だった。

菊子が、深淵から這い上がってくる。他人がイメージを共有していたら、ホラーにしか見えないであろうその光景が、郁人にはただ、美しかった。他人が見れば、狂っているようにしか見えなかったであろう錯乱状態の菊子も、郁人の目には愛おしかった。

Gか、菊子か。

もう、答えは決まっているんだろう。俺は、Gじゃない。人だ。だから、Gといっしょには生きられない。人といっしょに生きていく。

時にいじめられ、時に裏切られて、傷つくことがあっても、その痛みを深みに変えて生きていく。それが人生だ、この人と生きる道だ。

まっすぐに顔を上げ、静かにおでこへと手をやる。ビッグGが喜んで餌の匂いのしみついた手の平へ飛び乗ってきた。

できるのか、俺に。

「郁人さん」

菊子の声が、希望に打ち震える。

ありがとう。そしてさよなら、ビッグG。

ぎゅっと目を閉じ、情の湧かないうちに一瞬で握りこぶしをつくった。ぐっとこぶしに力を入れた瞬間、ぐしゃりと甲皮が潰れ、ビッグGの命の気配が消え去る。

「すまない、ビッグG」

もはや立っていられず、膝からくずおれた。

同族の危険を察知したG達は一瞬慄いたように動きを止めたが、それでも餌の魅力にはあらがえず、中毒患者のように特性の餌を貪っている。

「郁人さん、口を閉じて、呼吸を止めていて」

うわずった声を放った直後、菊子が郁人の両目にすばやくアイマスクをかけた。視界が暗転した直後、シューッという噴射音が耳を突き刺す。

〝さよならを言わせて〟

いつの間にかデュエットになっている歌声が、BGMのように響いた。澄んだ歌声だった。

郁人のまぶたの裏に、アイマスクに遮られた外の光景がまざまざと浮かぶ。菊子がマジックハンド付きスプレーで、踊るように毒液を振り撒いている。

Ｇ達が力なく地面へとぽたり、ぽたりと落下していく真夏の悪夢が、終末の美へと昇華されていく。

全てがスローモーションだった。

どれほど時間が経ったのか。気がつけば己の嗚咽が、レクイエムのように夜空に昇っていた。

菊子が優花を振り向き、口の動きだけで何事かを伝えてくる。

『父と母、今も元気』

驚愕の表情を浮かべる優花を放って、アイマスクを外した蟄蠊の背中を菊子が優しくさすっている。優花も思わず身を預けたくなるような温容をその顔に浮かべて。

3　手押 奏

先ほどからクリスタルと姫黒の声が誘ってくる。二人の歌は、ほとんど挑発とも言えるような狂おしさを湛え、奏の音をさらなる高みへと連れていく。

なんだ、この歌声は。

先ほどまでのクリスタルの歌も素晴らしかった。しかし姫黒のそれは、もはや次元が違った。

音楽の神が存在するとしたら、彼女は神の恩寵をその声に宿している。

奏の身にまだ残っていた哀しみの残滓が、砂の城のようにさらさらと崩れ、消え去っていく。

僕はもう、誠也への恨みに人生を委ねたりしない。僕の人生は、過去の不幸じゃなく、今の僕のものだ。

スコアを載せた台の上を、一匹のGが横切っていった。もう、そんなことで奏の指は乱れなかった。

さっとスコアを取り、譜面ごとGをプレスしたあと、再び演奏へと戻る。

悍ましさに気が持っていかれそうになったが、それでも踏ん張れたのは、最高の復讐は自らが幸せであることだと言ったクリスタルの声が胸に残っていたからだ。

奏の様子に気づいたクリスタルが、そっと微笑み、サビを歌い上げる。しかし、スコアに記された歌詞とは少し異なっていた。

〝いつか〟

輪唱のように、姫黒も追いかける。

〝いつか〟

奏のピアノが止むのをまって、二人が声を合わせる。

〝みんなGを殺す〟

伸びやかに響く二人の声が、完璧な和音となり、夏の夜空を彩る。

スコアを凪が揺らし、めくれあがった紙の後ろに、先ほど殺ったGの骸（むくろ）が覗いた。

4 鹿野森（かのもり） 優花（ゆか）

困ったことになった。

優花はそっと唾を飲み込んだ。

目の前には、件の福村雅也が佇んでいる。ライブを終えるであろうクリスタルを迎えるため、舞台へと急ぐ途中で、この煌びやかな相手と遭遇したのである。

「すみません、ガーデンライブの観客席への戻り方を教えていただけませんか。お手洗いから戻る途中に迷ってしまって――あなたはもしかして、ホテルの総支配人ですか」

何か含みのある口調に、優花はさっと目を伏せた。

「こちらを見てください」

姿勢を元に戻すと、福村の口角が皮肉な角度につり上がっていた。

「ようやく会えましたよ、僕の恋人に」

福村の言葉に背中が硬直する。

まさか、どうして――。

遠い相手だからこそ、罪のない嘘で済んでいるはずだった。それでも、巡り巡って福村に迷惑をかけていたのだろうか。

「申し訳ありません。事情は説明させていただきます。もちろん謝罪も――」

「では、本当にあなた自身が噂を撒いたんですね」

「はい。申し開きはいたしません」

もはや相手の情に訴えるしかないと判断し、優花は切々と経緯を話した。下手をすれば容姿自慢にもなりかねない話だが、福村なら自分が悩まされてきた状況をこれ以上ないほど正確に理解してくれるだろうと踏んだのである。

「そういうわけで、勝手にお名前を拝借しておりました。本当に申し訳ありませんでした」

もう一度深く頭を下げた優花の耳に、「ぷっくくく」と吹き出す声が降ってきた。

「福村様?」

顔を上げると、相手は肩を揺すって笑っている。

「ごめん、ごめん。今聞いたような事情は、実は会長からもう伺ってるんですよ。何か迷惑がかかるようなことがあれば、会長がどうにかするからってね」

「祖父が?」

「ええ。うちの事務所の社長と会長さんがゴルフ仲間なんです。そのご縁で何度かパーティでお会いしたことがあってその時に酒の肴(さかな)の冗談でね」

「そうだったんですか」

「驚かせてしまいましたね」

結局、自分は祖父の手の平で踊らされている小娘でしかないのだ。

眉尻を下げた優花を見て、福村は頭を掻いている。

「ご迷惑をおかけしたんじゃなくて、ほっとしました」

「まあ僕は、優花さんになら、いくら迷惑をかけてもらっても構わないんですけどね」

福村は白い歯を見せ、今度はファンサービスに違いない笑顔を浮かべている。その細かな表情の使い分けに、さすが俳優だと感心させられた。

「会長ご自慢のお孫さんなんですね。その若さでこんな大きなホテルを任されていらっしゃるなんて」

「いえ、私は、まだまだのようです。部下達も、一族だからというだけの理由で跡をつぐ小娘だと思ってますし」

疲れているせいか、ゲストに対して言うべきでない内容なのに、言葉を止められない。

自分が部下達を上手く率いていられないから、今夜のような事態を招いたのだ。改革が強引過ぎたのだろうか。優花の目指すこのホテルの未来を、一体どれほどの部下達が共有してくれていたのだろうか。

いずれにせよ、これほど多くのGをホテルに放たれては、騒ぎが起きるのは時間の問題だし、こんな事態を招いた時点で、会長が優花を後継者として認める可能性は限りなく低い。

改めて、周囲を見回してみた。

素晴らしいホテルだ。世界中の人々が行き交い、出会い、時には時代を動かすような会話を交わしてきた。優花にとっては、子供の頃から憧れつづけた聖域だった。

自分は、このホテルを統べる皇女である。そんな短い夢を見たのだ。このミッドサマードリームナイトのように、美しくて儚い夢を。

「大丈夫ですか。嘘のことなら他愛のないものですし、そんなに気にしないでください」

「いえ、そうじゃないんです」

項垂(うなだ)れた優花の視線の先には、磨き上げられた大理石の床が見える。白いマーブル模様の上に、いつからいたのか、あり得ないものが佇んでいた。

まだ生き残っているGがいたの。

塞がった胸の奥底から、どす黒い怒りがこみ上げてくる。

全部、Gのせい。いや、Gを放ったあいつらのせい。

この夜にかけていたのに。よりによって、ホテルで一番大切な夜に、ホテルを汚すような真似をした。

先々代からの忠義者だと思って、これまで目に余るような妨害(ぼうがい)も見逃してきた。それがよくなかったのだ。舐められて、足を掬われた。

これは、自分の甘さだ。どこかで、自分の出自に甘え、まさかここまでされることはないだろうと高を括っていたのだ。

視界が滲み、Gの姿が二匹にぶれた。

「優花さん？　どうされました？　もう顔を上げてください」

こちらをのぞきこもうとした福村が、はっと息を呑んだ。

「なるほど、あいつにびっくりされたんですね。心配しないで。僕が何とかしますから」

やや語尾を震わせている福村の声で、ようやく我に返った。

いけない、お客様にこんな気遣いをさせてしまった。

「いいえ、私が殺ります。こんなお見苦しいものを晒してしまって申し訳ありません。さ、すこしどいていてください」

「しかし――」

福村を強引に廊下の隅へと誘導したあと、呼吸を整え、ふてぶてしくその場に居座るGを見下ろした。薄汚い茶の甲皮に、穀句の顔が重なって浮かんだかと思うと、徐々に、自分の顔へと変化していく。

思えば、ホテルの総支配人を任されてから、一秒たりとも心の安寧を感じられたことはなかった。果たして自分は、本当にこのホテルを率いていけるのだろうか。熾烈（しれつ）さを増す外資との生存競争に打ち勝っていけるのだろうか。もし諸々の改革がすべて裏目に出て、自分の代でこのホテルを潰すことになったら？

しかし、経営者という存在は孤独な生き物だ。その孤独をまるごと呑み込んで進みつづけなければ、肩に背負った従業員達の人生はどうなるのだ。

強くあらねばならなかった。このホテルを大切に思ってくださるお客様のために、自分についてきてくれる従業員達のために、優花は誰にも弱みを見せることなく、常に自らを叱咤しながら進んできた。

けれど今なら認められる。

私は弱い。ホテルにとって、一年でいちばん大切な夜を、台無しにしかけた未熟者だ。

でも、それでいいのだ。私は、私の中にGを飼っている。そんな自分を受け入れて、折り合いをつけ、それでも進んでいくしかない。本当の強さとは、弱さを認めた上でなお、進んでいこうとする心ではないだろうか。

今が、その進むべき時なのだ。

胸の底から湧き上がる熱い想いが、腕を通り手の平、そして指先へとエネルギーを集約していく。

私の聖地に、ゴキブリはいらない。

ステージから、まるで今のこの瞬間を祝福するように、澄んだ声のデュエットが流れてくる。

〝いつか〟

〝いつか〟

大きな目をさらにかっと見開き、腕を振り上げる。

〝みんなGを殺す〟

危険を察知したGがさっと移動しようとしたが、ほんのわずか優花のスピードが優った。心の中だけで絶叫しながら一気に張り手を床へとぶつけたあと、ぐりっとすりつぶすように、躊躇なく手首を九十度回転させる。

やった――の？

自らの偉業がにわかには信じられず、右手の平をまじまじと見つめる。何本かの脚、甲皮の断片、それに体液が広がっている。

本当に、やったんだわ。ついに、プリンセス・ドリルをマスターできた。

これほど気色の悪い技などないと思っていた。自分の代わりに霧吹がやればいいと押しつけていたのに、意外にも気分は爽快だった。

パチ、パチ、パチ、パチ。

どこからともなく、拍手の音が響く。振り返ると、その人が立っていた。

「お嬢さん、あとは私が片付けますよ。あなたにはもっと大きな役割があるでしょう」

カートを脇に携え、いつの間にかそばまで近づいていたのは、一人の老人だった。老人は目を細め、優花にウェットティッシュを差し出してくる。

「おじいさま、いえ会長、一体その格好はなんです」

「いいから、社長がいつまでも膝をついているものじゃない」

「社長って、それじゃ――」

清掃員の瞳が、一瞬、強く光る。

「プリンセス・ドリルを継承した時が、ホテルを継承する時と決めていたんだよ。今日からおまえは総支配人から社長に昇格だ。副支配人と英太には、私からよく言ってきかせよう」

頷いて立ち上がった優花は、久しぶりに心から笑っていた。丁寧に手を拭ったあと、福村を促す。

「さあ、ライブが終わってしまいます。福村様、こちらへ」

「まさに夢のようにシュールな一夜ですね」

軽く首を振った福村は、先導しようとした優花の腕をとって自らの腕に絡ませ、ゆっくりと歩き出した。まるで本物の恋人同士のように。


福村と別れて到着した舞台袖に、クリスタルと手押の二人が下がってきた。

「お疲れ様でした。素晴らしいステージでした」

次は優花の番である。入れ替わりでステージの中央へと立つ。

ステージのすぐ下に、霧吹と見知らぬ女が見えた。いつの間にそうなったのか、手をつないでいる。微かに目を見開いた優花から、ばつが悪そうに霧吹が目を逸らした。

少し向こうでは、立ち去ろうとする姫黒の後ろを、硼酸次が慌てて追いかけている。

周囲の視線をはばからずにきつく抱き合っているのは、菊子と蜚蠊である。

まさかの結末だった。

少し離れた『オ・ミリウ』のテラス席では、冷膳が客のひとりと握手(あくしゅ)を交わしているのが見えた。

人々が行き交い、出会う。やはりグランド・シーズンズは、グレイトだ。

気負いのない笑みを浮かべると、優花はマイクのスイッチを入れた。

5　敗者たち

やや遠くから、マイクの声が響いてくる。

『おまたせいたしました。今年もミッドサマードリームナイトを無事に終えられたことを、心より感謝申し上げます。しかし、この素晴らしい夕べを惜しんでいるのは、私だけではないと存じます。皆さん、アンコールを望んでいらっしゃいますよね。クリスタルさんの歌うミッドサマードリーム、もう少し聴きたくありませんか』

すぐに、わっと歓声があがったようだ。拍手に、アンコールの声が混じりはじめ、ややあって静かにピアノが流れ出した。

「この音楽が聞こえるとね、ああ、夏だなあって感じでね」

毎年、真夏の一夜に流れてくる音楽を、閑静な住宅街の住人たちも密かに楽しみにしている。ホテルと同じ町内に佇む『支那そば 菊子』の店主も、今夜ばかりはクーラーを止めて店の戸を開け放し、ピアノとヴォーカルの贅沢なコラボに酔いしれていた。

カウンターでは、鹿野森英太が副支配人と元従業員に挟まれて麺を啜っていた。

「ふん、すべては真夏の夜の夢ってわけか」

スープを飲み干したあと、気がつけば毒づいていた。

英太の視界の隅で、見慣れた姿が弱々しく動いている。自らが誤って持ち込んだものか、以前からの店の住人か。まあ、どちらでもいい。

俺は俺で、しぶとく生き抜いていくさ。

ダンッと手の平を打ち付け、姫黒のように九十度回転させる。だがそこに奴の姿は無く、視界の端で逃げおおせた茶色い生物が壁の隙間に消えていった。舌打ちをして丼を持ち上げ、スープを飲み干す。

「どうです？　うちの特製出汁で仕込んだスープは。美味いでしょう」

カウンターの男達は一斉に、空になった丼を見下ろした。

本書は書き下ろしです。

著者略歴

成田名璃子（なりた・なりこ）
1975年青森県生まれ。東京外国語大学卒業。2011年『月だけが、私のしていることを見おろしていた。』が第18回電撃小説大賞《メディアワークス文庫賞》を受賞し、作家デビュー。2015年『東京すみっこごはん』が人気を博し、ヒットシリーズとなる。2016年『ベンチウォーマーズ』で第7回高校生が選ぶ天竜文学賞、第12回酒飲み書店員大賞を受賞。他の作品に『ハレのヒ食堂の朝ごはん』『グランドスカイ』『月はまた昇る』『世はすべて美しい織物』などがある。

Kadokawa Haruki Corporation

成田 名璃子

いつかみんなGを殺（ころ）す

＊

2023年5月18日第一刷発行

発行者 角川春樹
発行所 株式会社 角川春樹事務所
〒102-0074 東京都千代田区九段南2-1-30 イタリア文化会館ビル
電話03-3263-5881（営業） 03-3263-5247（編集）
印刷・製本 中央精版印刷株式会社

ISBN978-4-7584-1442-5 C0093
http://www.kadokawaharuki.co.jp/

成田名璃子の本

ハレのヒ食堂の朝ごはん

吉祥寺。公園の池のほとりにある「ハレのヒ食堂」は、朝ごはんの専門店。朝採れ野菜のしゃきしゃきサラダ、じゅわっとジューシーな焼き魚……。店主の晴子が作る料理はどれも抜群に美味しいのに、この店がいまいち流行らないのには理由があって——。そんななか、晴子と出会い店を手伝うことになった深幸。ワケあり同士、ふたりの女性が奮闘の末に、かけがえのない一日をはじめる元気が湧いてくる、特別な朝ごはんにたどり着くまでの物語。